Richard Wright wurde 1908 auf einer Plantage bei Natchez, Mississippi, geboren. Mit neunzehn Jahren verließ er den Süden und ging nach Chicago, wo er sich seinen Lebensunterhalt als Arbeiter, Straßenfeger, Tellerwäscher und Postangestellter verdiente. In den schweren Jahren der Weltwirtschaftskrise lernte er die Notlage der schwarzen Industriearbeiter kennen. Er schrieb Artikel, Kurzgeschichten und Gedichte. 1946 siedelte Wright nach Paris über, wo er 1960 starb. Bis heute gilt Richard Wright als einer der profiliertesten amerikanischen schwarzen Schriftsteller unseres Jahrhunderts.

Von Richard Wright ist außerdem erschienen:

Native Son (Band 1597)

Deutsche Erstausgabe März 1997

Titel der Originalausgabe: »Rite of Passage«

Originalverlag: HarperCollins Publishers; New York
Umschlaggestaltung: Angela Dobrick, Hamburg
Umschlagabbildung: Susanne Borges, Hamburg
Satz: Ventura Publisher im Verlag
Druck und Bindung: Ebner Ulm
Printed in Germany
ISBN 3-426-60398-5

2 4 5 3 1

Richard Wright

Jenseits der Kindheit

Aus dem Amerikanischen
von Friederike Zeininger

Knaur®

I

Johnny drückte sich in seine Schulbank, hielt sein Lesebuch fest umklammert, seine Gedanken flogen davon. Die silberhelle Stimme der weißen Lehrerin umschmeichelte eintönig klingend seine Ohren, zog ihn in die Tiefe eines Tagtraums, der um einen dampfenden Eintopf kreiste, der auf dem Küchentisch auf ihn wartete. Über den gleichmäßigen Rhythmus der Stimme dieser Frau legte sich das leise Ticken der Uhr an der Wand, das Geräusch leisen Atmens und ein gelegentliches Scharren eines rastlosen Fußes. Durch die Fenster im Westen fiel Sonnenlicht herein und durchflutete das Klassenzimmer.

Johnny sehnte sich nach der Straße, seine Nasenflügel lechzten nach frischer Luft, seine Beine nach Bewegung, seine Lungen nach Geschrei ... Dann tauchte vor seinen Augen wieder der Eintopf auf, und er seufzte.

RRRIIIIIIIIIIIIIIIINNNG!
Das Klingeln am Ende der Stunde ließ Johnnys Körper freudig erregt zusammenzucken. Summendes Geflüster erfüllte die Luft, und die Lehrerin pochte um Ruhe.
»Ihr dürft jetzt eure Bücher zusammenpacken«, sagte sie. »Dann kommt einer nach dem anderen an meinem Pult vorbei und erhält sein Zeugnis.« Sie hielt einen Stapel weißer Papiere in die Höhe.
Entsetztes und erwartungsvolles Gemurmel. Johnny war froh; er wollte sein Zeugnis, denn er wußte, daß er durchgekommen war. Und seine Mutter würde glücklich sein, wenn sie seine guten Noten zu Gesicht bekäme.
»Pssst!«
Johnny drehte sich um und sah seinen Freund Billy, der ihm ein Zeichen machte.
»Warte draußen auf mich«, flüsterte Billy.
»Was ist denn?« fragte Johnny.
»Hab' vor, ins Kino zu gehen«, flüsterte Billy.
»Prima«, erwiderte Johnny.
Wow! In seinem Körper prickelte es. Ins Kino ... vielleicht hatte Billy Geld gefunden ...
Die Lehrerin klopfte mit den Fingerknöcheln auf ihr Pult und befahl: »Steht auf!«
Die Klasse erhob sich und stellte sich in einer Reihe auf.
Steif stand die Lehrerin hinter ihrem Pult, rief die

Namen auf und reichte jedem Schüler, der herantrat, sein Zeugnis.
»Lucy Gerdain ... Robert Holmes ... James Dukes ...«
Johnny rückte Stückchen um Stückchen nach, war gespannt auf sein Zeugnis und brannte darauf, endlich hinauszugelangen.
»Johnny Gibbs«, flötete die Lehrerin und reichte ihm sein Zeugnis.
»Danke, Ma'am«, sagte er.
Die Lehrerin lächelte ihn an, kniff die blauen Augen hinter der dicken Brille leicht zusammen. Johnny fürchtete sie, ihre Anerkennung aber ließ sein Gesicht vor Freude glühen. Er sah auf sein Zeugnis hinunter. Einser ... Ja, Einser in jedem Fach. Super ... Die Welt war in Ordnung, und er war glücklich. Er stopfte das Zeugnis in seine Manteltasche, folgte der langen Schlange vor ihm auf den Korridor, durch das Portal hinaus und die Stufen hinunter. Um ihn herum drängelten die Jungen und Mädchen, schrien und pfiffen. Lieber Himmel, er war bis Montag morgen frei. Er erhaschte einen flüchtigen Blick von einem Jungen, der ein Messer blitzen ließ, und lächelte überlegen. Er hatte noch nie etwas anderes besessen als ein kleines Taschenmesser; niemand sollte ein so großes Messer in die Schule mitbringen.
Aber wo war Billy? Er sah sich vergeblich um, nahm dann zwei Finger in den Mund und pfiff laut und kräftig zweimal kurz, einmal lang. Er wartete. Von

links kam wie ein Echo die Antwort. Er eilte hinüber. Ja, dort an der Ecke wartete Billy.
»Hey, Billy. Was gibt's?« fragte Johnny.
»Mein Bruder Jack aus der Kaserne ist da«, sagte Billy.
»Echt?«
»Yeah. Und er hat ein Gewehr dabei.«
»Du spinnst ja!«
»Nix da. Sag, kommst du heute abend mit ins Kino?«
»Klar. Aber wie?«
»Jack nimmt uns mit«, erklärte Billy. »Im Loew's State läuft *Superman*.«
Johnny kickte mit einem Fuß in die Luft, seine Augen leuchteten. Gleich darauf wirkte er geknickt.
»Ich hab' nur dreißig Cent«, jammerte Johnny.
»Mein Bruder lädt uns ein«, erwiderte Billy. »Er hat gesagt, ich soll dich fragen.«
»Wow, Mann«, meinte Johnny anerkennend. »Wann gehen wir?«
»Komm um acht bei mir vorbei«, wies Billy ihn an.
»Klar. Prima!«
»Bis dann.«
»Bis dann.«
Sie trennten sich, gingen in entgegengesetzte Richtungen davon, in Gedanken ganz bei Superman. Johnny war ganz aufgeregt vor Begeisterung. Billy war ein prima Kerl, ein echter Kumpel. Er rannte durch die Straßen von Harlem nach Hause, stellte

sich Superman vor, der aus Fenstern herausschnellte, durch die Lüfte schoß, Berge versetzte, Züge hochhob und in zehn Sekunden zum Mond reiste und zurück. Ein kalter Wind fegte über seine schwarzen Wangen und ließ ihn seinen Kragen hochschlagen. Donnernde U-Bahn-Züge ließen den Gehsteig unter seinen Füßen erbeben. Er bahnte sich seinen Weg durch die Menge, hörte anhaltendes Hundegebell, die schrille Pfeife eines Polizisten. Als er an einer Kneipe vorbeikam, hörte er eine Musikbox plärren: *I want some seafood, mama ...*

»Hey, Johnny!« begrüßte ihn ein schwarzes Mädchen.

»Hey, Agnes«, erwiderte Johnny.

»Kommst du heute abend?« fragte Agnes.

»Nee«, sagte er fröhlich. »Ich geh' ins Kino.«

»Oh ... Das würde ich auch gern. Sag mal, kannst du mich nicht mitnehmen?«

»Heute abend nicht, Agnes«, antwortete Johnny und eilte weiter.

»Du könntest wenigstens so lange stehenbleiben, um ›Hey, Kratzbürste‹ zu mir zu sagen!« rief Agnes verärgert, streckte ihre rote Zungenspitze heraus und zog ihr Kleid ein wenig über die Pobacken.

Den Eintopf, der ihn erwartete, und Bilder von Superman vor Augen, rannte Johnny die kleine Treppe vor dem braunen Mietshaus aus Sandstein hinauf, in dem er wohnte, drückte die schwere Glastür auf, deren Oberfläche so sehr von einem schmierigen

Schmutzfilm überzogen war, daß es in der Eingangshalle fast stockfinster war. Er hielt das Holzgeländer fest umklammert, während er die Stufen, vier auf einmal, hinaufstürmte. Sein Magen schrie nach Eintopf. Als er vor der Tür stand, griff er unter sein Hemd, zog den Schlüssel hervor, der an einer dicken langen Schnur um seinen Hals hing, steckte ihn ins Schloß, drehte ihn herum, drückte die Tür auf und trat in eine hell erleuchtete Diele. Er blieb stehen, öffnete den Mund. Zwischen den grell getünchten gelben Wänden im Flur lag ein seltsamer Haufen Zeug, wie er ihn noch nie zuvor gesehen hatte. Wie versteinert sah er auf Koffer, Truhen und Kartons, die seinen Weg versperrten. Was ging hier vor? Er hatte sein ganzes Leben lang in diesem stinkigen, baufälligen Mietshaus gewohnt, aber den Flur hatte er noch nie so unordentlich gesehen. Oh, vielleicht zogen sie um? Oder hatten sie Besuch aus einer anderen Stadt? Aber nein. Der große, braune Koffer gehörte *ihm*. Er hatte ihn im vergangenen Sommer benutzt, als er ins Ferienlager gefahren war. Was hatte er dann hier zu suchen, randvoll gepackt? Er blickte über den Haufen mit all dem Zeug hinweg, hörte seine Mutter, die in der Küche hantierte, mit Geschirr klapperte, den quietschenden Wasserhahn auf- und zudrehte. Irritiert drängte es ihn weiter, er stieg über die Truhe und trat in die Küche.

»Hey, Ma«, sagte er. »Was ist denn hier los?«

Seine Mutter schrubbte eine Pfanne, und ihr großer weicher Hintern wackelte, während sie arbeitete. Dann drehte sie sich um und starrte ihn flüchtig lächelnd an, und er fühlte sich wieder wohl. Ja, der Tisch war für ihn gedeckt worden; da stand eine dampfende Schüssel mit ... Nein. Es war kein Eintopf; es gab Schweinshaxe und grüne Bohnen, was genauso gut schmeckte wie Eintopf.

»Ich hab' echt Hunger«, rief er.

»Hast du dir die Hände gewaschen?« fragte seine Mutter und hielt den Kopf tief über das Spülbecken gebeugt.

»Nee. Mach' ich gleich«, antwortete er. Er wollte gern glauben, daß alles in Ordnung sei, aber all das aufgehäufte Zeug im Flur beunruhigte ihn. »Ma, was soll der ganze Plunder im Flur?«

»Mach dir darüber keine Gedanken. Geh und wasch dir die Hände«, befahl ihm die Mutter.

Eine unterdrückte Spur von Sorge in ihrer Stimme ließ ihn innehalten. Warum hatte sie ihn nur so kurz angesehen und dann gleich wieder weggeschaut?

»Ist jemand gekommen?« fragte er.

»Wer sollte schon kommen?« entgegnete die Mutter gereizt.

»Äh, Ma, ich will wissen ...«, bettelte er.

»Wirst du gehen und dir die Hände waschen?« wiederholte sie laut und starrte ihn plötzlich an.

Ihr hartes, dunkles Gesicht ängstigte ihn. Ja, zu Hause stimmte irgend etwas nicht. Er war hin- und hergerissen zwischen der Schüssel mit Schweinshaxe und grünen Bohnen und dem müden, besorgten Gesicht seiner Mutter. Seine Anspannung wurde so groß, daß er lachte.

»Irgend jemand ist gekommen, und du sagst mir nichts davon«, entgegnete er munter und ging aus der Küche. Auf dem Weg ins Badezimmer rief er über die Schulter zurück: »Ich geh' heute abend ins Kino, Ma.«

»Du tust *was?*« hörte er seine Mutter erstaunt fragen. Er blieb stehen, beunruhigt über den seltsamen und fremden Ton in der Stimme seiner Mutter. Quatsch, sie hat sich über irgend etwas von mir geärgert ... Einen Augenblick später seifte er sich im Badezimmer die Hände ein, machte die Augen zu und rieb sich noch das Gesicht ein, als er die Schritte seiner Mutter näherkommen hörte.

»Wohin gehst du?« fragte sie.

»Billy und sein Bruder gehen heute abend mit mir ins Kino«, antwortete er sachlich, spülte sein Gesicht mit warmem Wasser ab und tastete nach einem Handtuch.

»Du kannst heute abend nicht ins Kino gehen«, hörte er sie sagen.

»Mach dir keine Sorgen, Ma«, entgegnete er und trocknete sein Gesicht ab. »Sie laden mich ein ... Sag mal, Ma, schau her ...« Er zog sein Zeugnis aus der Tasche. »Ich hab' dieses Mal nur Einser und ...«

»Du kannst heute abend nicht ins Kino gehen.« Die Stimme seiner Mutter klang kalt und leise.
»Warum?«
Der Mund stand ihm offen, als die Mutter davonging. Nervös ballte er das Handtuch zusammen, wollte ihr am liebsten nachlaufen, seine Arme um sie schlingen, sie betören ... Was war los? Wessen Gepäck stand da in der Diele? Warum wollte sie nicht, daß er ins Kino ging? Vielleicht war jemand krank. Oh, vielleicht wollte Big Sis heiraten oder so etwas. Er hängte das Handtuch auf und schlenderte in die Küche zurück.
»Ma, warum darf ich heute abend nicht ins Kino?« fragte er, setzte sich ganz mechanisch an den Tisch und nahm Messer und Gabel zur Hand.
»Iß dein Abendbrot«, erwiderte die Mutter.
Ihr Tonfall ließ die Schweinshaxe und die Bohnen auf seiner Zunge zu einem Klumpen werden; er starrte sie an und wollte gerade etwas sagen, als er hörte, wie die Wohnungstür aufging. Er wandte den Kopf, lauschte den Schritten, die durch die Diele traten. Ja, Big Sis kam von der Arbeit. Big Sis stand breit in der Tür, ihr sonst so sanftes Gesicht wirkte freudlos und angespannt.
»Hey, Ma«, sagte Big Sis.
»Hallo, Sis«, erwiderte die Mutter.
Big Sis warf Johnny einen schuldbewußten Blick zu, drehte sich um und ging schnell davon. Der Bissen

in Johnnys Mund wurde zu groß, als daß er ihn noch schlucken konnte; er spuckte ihn auf seinen Teller aus, rückte seinen Stuhl vom Tisch und stand auf.

»Was habt ihr eigentlich alle?« schnauzte er.

Seine Mutter begann sich hastig die Hände abzutrocknen, ihr Blick mied den seinen. Hatte er etwas verkehrt gemacht, und alle ärgerten sich nun über ihn? Plötzlich trat Big Sis wieder in die Küche; die beiden Frauen standen da und starrten sich an.

»Sis ...«, begann die Mutter.

»Hast du's ihm schon gesagt, Ma?« fragte Sis in abwartendem, sanftem Tonfall.

Die Mutter sah ihn an, dann wieder Big Sis. Dann fielen die beiden Frauen einander in die Arme und schluchzten heftig. Mit tauben Fingern legte Johnny sein Messer weg, seine Hand zitterte unruhig. Irgend etwas Schreckliches war passiert, und sie verheimlichten es ihm. Wo war Buddy? War sein Bruder schon von der Arbeit nach Hause gekommen? Ja, Buddy würde ihm sagen, was hier vor sich ging.

»Wo ist Buddy?« verlangte er zu wissen.

Big Sis trocknete sich die Augen und wandte sich ihm zu. »Buddy ist von der Arbeit nach Hause gekommen und zu Großmutter gegangen«, antwortete Big Sis. »Er ißt dort zu Abend.«

»Warum?« Blankes Entsetzen ergriff ihn. »Wo ist Pa?«

»Pa ist in der Arbeit«, antwortete Big Sis.

»Sagt mir jetzt mal jemand, was hier los ist?« brüllte Johnny unvermittelt.
»Na, du mußt nicht gleich durchdrehen«, sagte die Mutter mit zitternden Lippen.
Big Sis starrte ihn an, ihre Augen füllten sich erneut mit Tränen; wieder eilte sie aus der Küche hinaus.
Johnny spürte jetzt, daß es ihn persönlich betraf, was auch immer es war. Er stand wie angewurzelt da, hilflos angesichts der Mutter, die so sehr schluchzte.
»Sis«, rief sie verzweifelt.
»Ma, was ist los?« Er berührte zaghaft ihre Schulter, aber sie zog sich zurück, als hätte er sie verletzen wollen. Ein Gefühl der Hitze machte sich auf seiner Haut breit, als er realisierte, daß all die Sachen, die sich im Flur stapelten, ihm gehörten. Sein Blick wanderte prüfend zu einer leeren Stelle an der Küchenwand, wo sonst seine Rollschuhe hingen.
»Wo sind meine Rollschuhe?« fragte er, obwohl er wußte, daß sie zusammengepackt im Flur lagen.
Als Big Sis wieder in die Küche kam, sah sie ihn nicht an, und Johnny wußte, daß sie absichtlich so handelte, weil sie den Tränen wieder nahe war.
»Bleib da, Sis«, bat die Mutter schluchzend und umarmte Big Sis. Langsam trocknete sich die Mutter die Augen und stöhnte auf. Sie betrachtete Johnny, sah dann zum Fenster hinaus in den blassen Winterhimmel. »Johnny«, sagte sie, und ihre Stimme klang weit entfernt, »ich wollte es dir erst erzählen, Kind, wenn

du gegessen hast ...« Sie unterdrückte einen weiteren Weinkrampf. »Johnny, du wirst uns heute abend verlassen.«
Er hatte ein Gefühl, als müsse er würgen. Der Raum schien sich zu drehen. Er machte einen Schritt auf seine Mutter zu, wandte sich dann abrupt ab.
»Verlassen?« wiederholte er. »Warum? Wohin, Ma?«
»Liebling, du ... du bekommst ein anderes Zuhause«, sagte seine Mutter.
»Aber ... Was redest du da? Ich wohne hier. Ich geh' nirgendwohin.« Seine Stimme war nur ein hohles Flüstern. »Ich geh' nur, wenn du gehst ...«
»Nein. Johnny, du bekommst heute abend ein anderes Zuhause. Ein *gutes* Zuhause. Du wirst bei einer anderen Mutter wohnen.«
»Aber ... *du* bist meine Mutter!« rief er verzweifelt. Er konnte es nicht länger aushalten; seine Mutter und seine Schwester schienen gar nicht mehr richtig dazusein; er stürmte auf sie zu und berührte sie mit den Händen, um sich bewußt zu machen, daß er nicht träumte. Aber keine der beiden Frauen sah ihn an; Big Sis starrte aus dem Fenster, und seine Mutter hielt den Blick auf den Boden gerichtet, ihr Atem klang wie ein Stöhnen.
Wie betäubt sah er sie an, trat dann instinktiv zurück, als müsse er sich selbst schützen. Seine Mutter und seine Schwester hatten ihn verstoßen; also waren sie seine *Feinde* ... Er ging rückwärts zum Tisch zurück,

seine Finger tasteten nach einem Halt. Als sich Big Sis ihm zuwandte, war ihr Gesicht eine Maske aufgesetzter Zuneigung, so sehr mit sich im Widerstreit, daß es fürchterlich wütend wirkte.

»Johnny, Ma ist nicht deine richtige Mutter.« Big Sis atmete schwer, weinte noch immer, ihre Lippen waren verzerrt. »Ich bin nicht deine richtige Schwester. Buddy ist nicht dein richtiger Bruder. Und Pa ist nicht dein leiblicher Vater ...«

Obwohl er die Worte gehört hatte, verstand er sie nicht. Er hatte die Worte gehört, aber er konnte sie mit seinem derzeitigen Leben nicht in Verbindung bringen. Tief in ihm begann eine große Wut zu brodeln.

»Johnny, hast du mich gehört?« fragte Big Sis.

Er schüttelte den Kopf und fing leise zu weinen an, wirkte eher verwirrt als niedergeschlagen.

»Nun weißt du es«, sagte Big Sis.

»Aber ... ich geh' nirgends hin«, murmelte er.

»Sag's ihm, damit er's verstehen kann, Sis«, bat seine Mutter inständig.

»Heute abend wirst du uns verlassen«, sagte Big Sis in ruhigem, neutralem Ton.

Bevor Johnny wußte, was er tat, eilte er auf die Mutter und die Schwester zu und begann auf die beiden einzuschlagen.

»Johnny!« schrie die Mutter.

»Er soll aufhören, Ma!« rief Big Sis weinerlich.

»Nein, nein, nein!« schrie Johnny, während er zuschlug.
Die Mutter packte ihn bei den Schultern und schüttelte ihn. »Hör auf, Johnny!« sagte sie. »Junge, das mußt du verstehen ...«
Als wäre er über sich selbst erschrocken, wich er zurück und sah sich in der Küche um; er schnappte nach der Schüssel mit Schweinshaxe und Bohnen, schleuderte sie auf den Boden und stampfte wütend mit seinen Füßen in der warmen Schmiere.
»Johnny«, jammerte Big Sis. »Du armes Kind!«
»Halt den Mund!« brüllte Johnny sie an.
»Johnny, wenn du dich so benimmst, dann nehmen sie dich in deinem neuen Zuhause nicht auf«, warnte die Mutter ihn. »Sie werfen dich ins Gefängnis ...«
Ihre Worte ließen ihn erstarren.
»In welches Gefängnis?« fragte er flüsternd. »Ich hab' doch nichts getan.«
»Johnny, beruhige dich und hör zu«, sagte Big Sis. »So ist das Leben, Junge. Deine neue Mutter holt dich heute abend ab.« Sie seufzte. »Hör uns mal gut zu, Johnny. Was hier geschieht, ist nicht unser Fehler.«
»Johnny, hör zu«, begann nun auch die Mutter atemlos seufzend. »Ich wünschte, ich hätte es dir nie erzählen müssen. Ich wünschte, ich hätte nie zugelassen, daß du zu uns kommst. Die Leute von der Stadt haben gesagt, ich soll dir nichts davon erzählen. Ich weiß bis heute nicht, warum. Ich habe mich danach gerichtet

und dir nichts davon erzählt. Aber ich hätte es schon längst tun sollen. Letztes Jahr sagten sie, ich könnte jetzt mit dir reden, aber ich brachte es nicht fertig. Ich hab' dich viel zu sehr geliebt, Johnny. Ich dachte, sie würden dich bei uns lassen, bis ich und Pa gestorben sind, und dann würdest du es sowieso nie erfahren. Sis und Buddy wußten davon, aber sie hätten nie mit dir darüber gesprochen, weil sie dich genauso liebhaben wie ich. Und jetzt, mein Sohn, sind die Leute von der Stadt gekommen und haben mir gesagt, daß du weggehen mußt. Sie haben nicht gesagt, warum. Du hast nichts falsch gemacht; niemand ist böse auf dich. Es scheint so, daß sie ein Kind in ein anderes Zuhause geben, wenn es eine bestimmte Anzahl von Jahren bei einer Pflegefamilie war. Ich habe gebettelt, ich habe sie angefleht, aber sie haben gesagt, so lautet das Gesetz. Und ich konnte nichts tun. Sie sagten, daß in meinem Haus alles in Ordnung sei, und daß du dich hier gut gemacht hast. Und daß du ein aufgeweckter Bursche bist, aber sie sagten auch, daß du jetzt fünfzehn Jahre alt bist und zu einer neuen Mutter und einem neuen Vater gehen mußt.«

Johnnys Hals wurde heiß. Ma *war* seine Mutter!

»Johnny«, fuhr die Mutter fort, »deine neuen Eltern sind in Ordnung. Sie werden dich genauso lieben wie wir ... Du wirst sehen.« Ihre Stimme wurde leise. »Das mußt du glauben, mein Sohn. Laß dich nicht unterkriegen.«

Jetzt verstand er alles, und seine Augen wurden zu zwei erstarrten Teichen schwarzen Gesteins. Er hatte gehört, und er hatte doch nicht gehört; die Worte waren zu belastend für ihn, als daß er ihre ganze Bedeutung wahrgenommen hätte. Noch vor einer halben Stunde war seine Welt so sicher, so real gewesen; jetzt befand er sich in einem heißen, schlechten Traum. Die Mutter, die er zutiefst liebte, wollte nichts mehr mit ihm zu tun haben, verstieß ihn und erzählte ihm, daß sein Leben eine Lüge war. Das war zuviel; er hatte das Gefühl, als wäre ihm der Boden unter den Füßen weggezogen worden, und er würde jeden Augenblick fallen. In der Küche war nichts zu hören außer dem wohlklingenden Blubbern aus einem Topf auf dem Herd. Er stürmte wieder auf die zwei Frauen zu, umarmte sie schluchzend, während die beiden weinend die Arme um ihn schlangen. Als er ihre zitternden Arme spürte, begriff er erst, daß er nie wieder mit ihnen zusammenleben würde. Abrupt befreite er sich aus ihrer Umarmung und trat wieder zum Tisch zurück. Was taten sie ihm an?

»Lauf nicht davon, Johnny«, schalt die Mutter.

Er schüttelte den Kopf.

»Leg deinen Kopf wieder auf meine Schulter, Liebling«, bat sie.

»Nein!« schrie er plötzlich.

Big Sis lehnte ihren Kopf gegen die Wand und schluchzte.

»Du bist nicht meine Mutter«, grollte er. »Du bist nicht meine Schwester.«
»Sag das nicht, mein Sohn«, bat die Mutter inständig. »Ich liebe dich.«
»Du kannst nichts dafür, Johnny«, wimmerte Big Sis.
»Wohin werde ich denn kommen?« fragte er aggressiv und kalt.
»In ein anderes schönes Zuhause, mein Sohn«, antwortete die Mutter, während sie ihre Finger ineinander verschlang.
»Du wirst eine andere Mutter haben«, sagte Big Sis.
»Dich hab' ich nicht gefragt!« brüllte Johnny sie an.
»Sag nichts«, warnte die Mutter Big Sis. »Du hast nichts falsch gemacht, Johnny. Du bist gut in der Schule.«
»Aber warum muß ich dann gehen?«
»Weil die Stadt es so will.«
»Wer ist ›die Stadt‹?« fragte er erstaunt.
»Die Leute, die dich zu uns gebracht haben, als du noch ein Baby warst«, erklärte die Mutter.
»Niemand hat mich hierhergebracht«, ereiferte er sich. »Wenn ihr mich fortschickt, dann lauf' ich davon!«
»Nein, Johnny«, beschwichtigte Big Sis ihn sanft. »Sag so was bloß nicht, wenn sie dich hören können; sonst kommst du ins Heim und ...«
»Niemand kriegt mich irgendwohin!« widersprach er

Big Sis heftig. Er zitterte am ganzen Körper, fürchtete sich vor seinen eigenen Gefühlen, die er in dieser Heftigkeit nie zuvor erlebt hatte. Er blinzelte, versuchte zu begreifen. »Wer will gleich wieder, daß ich gehe?«

»Die Stadt, mein Sohn. Die Leute, die sich um Waisen kümmern«, antwortete sie. »Du hast keine Mutter und keinen Vater, Johnny. Die Leute, die dich gebracht haben, verlangen jetzt, daß du gehst ...«

Er wollte gehen und taumelte; er wandte sich noch einmal seiner Mutter zu und begann traurig zu lachen.

»Das ist nicht wahr«, protestierte er schwach. »Du machst Spaß ... Ich habe einen Vater. Pa ist mein Vater. Du bist nicht meine Mutter, aber Pa ist mein Vater.«

»Ich bin nicht deine Mutter, und Pa ist nicht dein Vater«, entgegnete die Mutter voller Verzweiflung und beugte sich nach vorn. »Mein Sohn, ich möchte dir doch helfen ...«

»Das stimmt«, fiel auch Big Sis ein. »Sie haben dir keine Zeit gelassen, alles zu verstehen, Johnny, ganz gleich, was sie dir sagen, du bist mein richtiger Bruder. Ich bin deine Schwester. Schau, Johnny, wenn du in deinem neuen Zuhause bist, kannst du uns immer besuchen kommen.« Sie lächelte durch die Tränen hindurch ihre Mutter an. »Oder, Ma?«

»Sooft er will. Das ist dein Zuhause, mein Sohn. Ganz

egal, wo du hingehst, das bleibt dein Zuhause«, versprach die Mutter.
»Tu einfach so, als würdest du eine Reise machen, Johnny«, schlug Big Sis vor. »Dann ist es nicht so schlimm.«
»Hierherkommen? Ich bin schon hier. Warum soll ich zuerst weggehen? Das ist mein Zuhause …« Seine Stimme verlor sich.
Stille. Er sah, wie seine Mutter Big Sis anschaute. Dann sagte Big Sis: »Sie kommen um sechs, Johnny, Liebling. Warum ißt du nichts?«
Schuldgefühle nagten in ihm. Ja, er hatte etwas Unrechtes getan, und sie wollten ihn loswerden. Es war ein Unrecht, von dem sie nicht wagten, zu sprechen. Ja, deshalb hatten sie vorsorglich Buddy weggeschickt. Und sie hatten alles so geregelt, daß auch Pa nicht da war. Er starrte sie an und empfand eine ganz neue Distanz; sie wiesen ihn zurück; er konnte ihnen nicht länger in die Augen schauen, um sich darin widerspiegeln zu sehen. Und gleichzeitig machte sich in seinem Herzen ein Gefühl breit, mit dem er sich zu schützen versuchte: Ich weise euch auch zurück. Ich weise euch zurück, bevor ihr mich zurückweist …
»Johnny, vergib uns, mein Sohn«, bat die Mutter. »Es ist nicht unsere Schuld. Wir wollten dich nicht wegschicken.«
»Ihr schickt mich nirgendwohin!« platzte er trotzig heraus, seine Augen funkelten. Der Gedanke daran,

ins Kino zu gehen, schoß durch seinen Kopf, voller Hohn. Er schüttelte den Kopf.
Seine Mutter kam langsam auf ihn zu.
»Johnny«, murmelte sie und streckte ihre Hand nach ihm aus. »Du warst ein kleines Baby und erst sechs Monate alt, als du zu uns gekommen bist. Ich liebte dich wie meinen eigenen ...«
»Wo ist meine Mutter?« unterbrach er flüsternd, sein Blick mied den ihren, er wich ihrer Hand aus.
»Das kann ich dir nicht sagen«, antwortete seine Mutter.
»Warum?«
»Die Leute von der Stadt haben es verboten«, erklärte sie.
»Ist sie tot?« fragte er und bezwang eine verzweifelte Spur von Hoffnung in seiner Stimme.
Es kam keine Antwort.
»Sie ist also tot«, sagte er seufzend.
»Nein«, entgegnete Big Sis.
»Aber wo ist sie dann?«
»Wir können es nicht sagen, mein Sohn.«
»Ihr könnt sehr wohl!« rief er aufheulend.
»Sie haben versprochen, daß sie dir alles sagen, wenn du alt genug bist«, wandte Big Sis ein.
»Und mein Pa?«
»Von ihm wissen wir nichts«, antwortete die Mutter.
»Ist er tot?«
»Wir wissen es nicht.«

»Wissen es die Leute von der Stadt?«
»Nein. Sie wissen nicht, wer dein Vater war«, erwiderte Big Sis.
»Wer weiß es dann?«
Keine Antwort.
»Ihr erzählt mir ja gar nichts«, wimmerte er. Tränen brannten in seinen Augen.
»Niemand weiß, wer dein Vater war«, bestätigte die Mutter. »Vielleicht findest du eines Tages deine richtige Mutter, mein Sohn. Vielleicht kann sie dir sagen, wer dein Vater war ...«
»Vielleicht? Warum sollte sie nicht?« fragte er verständnislos.
Keine Antwort.
»Meine Mutter ...« Seine Stimme klang ausdruckslos und verwundert.
»Du mußt jetzt ein starker Mann sein, mein Sohn«, sagte die Mutter. »Du mußt tapfer sein, wenn sie dich abholen kommen ...«
Blinder Haß stieg in ihm hoch. Wer waren *sie*?
»... du mußt einfach mit ihnen gehen. Deine neue Mutter wird dich lieben. Wir werden dich vermissen und ...«
»Ich werde niemanden vermissen!« unterbrach er sie trotzig. Er sah auf das zertrampelte Essen am Boden hinunter, ging dann zum Stuhl und packte die Lehne mit beiden Händen.
»Wohin werden sie mich bringen?« fragte er.

»Du bleibst hier in Harlem, mein Sohn«, antwortete die Mutter. »Bei einer guten Frau. Sie heißt Missis Green. Nur zwei Blocks weiter.«

Da wußte er plötzlich Bescheid; es war wie eine Erleuchtung: Er würde nicht dorthin gehen. Er hatte den Gedanken noch nicht zu Ende gedacht. Aber daß er eine neue Mutter und einen neuen Vater nicht akzeptieren würde, wurde ihm immer klarer ...

» ... und ich werde dich in deinem neuen Zuhause jeden Tag besuchen«, sagte seine Mutter.

»Nein«, maulte er.

»Sei nicht so hart, mein Sohn«, redete ihm die Mutter gut zu.

Die Türglocke läutete: KLINGELING!

Die beiden Frauen sahen sich an.

»Sie sind da«, flüsterte die Mutter, ihre Lippen dehnten sich zu einem gezwungenen Lächeln. »Laß sie herein, Sis. Komm, Johnny, ich helfe dir, dich fertigzumachen.«

»Ich hole mir meinen Mantel selbst.« Er wies seine Mutter ab, in Gedanken ganz bei dem Entschluß, den er gefällt hatte. Er hastete in den Flur hinaus, in sein Zimmer und knallte die Tür hinter sich zu.

II

Johnny hörte Big Sis' Schritte im Flur, hörte, daß die Eingangstür geöffnet wurde.
»Guten Abend, Mister Green, guten Abend, Missis Green«, sagte Big Sis. »Kommen Sie herein.«
»Hallo, Missis Gibbs, Miss Gibbs. Ist unser Junge da?«
»Er ist da.«
»Nun, nachdem ich jetzt sein Vater sein werde, möchte ich ihn natürlich sehen.«
»Er wird gleich dasein. Wollen Sie nicht ins Wohnzimmer kommen?«
Fast ohne zu atmen, hatte Johnny zugehört, sein Ohr gegen die Tür gedrückt. Und eines wußte er mit Sicherheit: Er wollte seine neue Mutter und seinen neuen Vater nicht sehen. Er würde einen Weg finden, sich abzuseilen ... Er hörte sie den Gang entlanggehen und drückte sich seine Kappe auf den Kopf, bereit, zu fliehen. Dann lauschte er.

»Wo ist er?« fragte Mrs. Green.

»Er ist in seinem Zimmer. Er packt noch seine Sachen zusammen.« Seine Mutter.

»Gehören die Sachen hier im Flur ihm?« Mrs. Green.

»Ja.« Big Sis.

»Ist er traurig, wegzugehen?« Mr. Green.

»Na, Sie wissen ja, wie es ist ...« Die Mutter. »Es tut uns so leid, daß er uns verlassen muß. Er hat nie eine andere Familie gekannt außer uns. Missis Green, warum wollen sie, daß er nach all den Jahren woanders lebt?«

»Sie haben nur gesagt, das sei ihre Politik, Missis Gibbs. Ich weiß, daß es schwer für Sie ist. Sechs Jahre lang war ein Junge bei uns, dann haben sie ihn geholt. Lieber Gott, es hat mir das Herz gebrochen. Mein Mann hat sogar gesagt, daß wir kein Kind mehr aufnehmen wollen. Aber man wird einsam so ganz allein, und man fängt wieder an zu denken, daß man doch ein schönes Zuhause hat und daß es so viele heimatlose Jungen und Mädchen auf dieser Welt gibt.« Mrs. Green.

»Ich finde, es ist eine Schande.« Big Sis.

»Es ist schrecklich, daß wir Johnny verlieren.« Seine Mutter.

»Wissen Sie übrigens irgend etwas über die Mutter oder den Vater?« Mr. Green.

»Schhhh!«

Zitternd stand Johnny da, das Ohr gegen die Tür

gedrückt. Sein rechtes Auge juckte, und als er die Hand hob, um es zu reiben, bemerkte er Tränen. Er fühlte sich von brennender Scham umhüllt; als sie von seinen Eltern sprachen, flüsterten sie. Er öffnete die Tür einen Spaltbreit, um sie besser verstehen zu können.

»... er ist ein sehr gutes Kind. Er war immer der Klassenbeste. Aber jetzt werde ich ihn rufen, und er kann Ihnen sein Zeugnis zeigen.« Die Mutter.

»Johnny! Komm und lern die Leute kennen!« Big Sis.

Er stand stocksteif da, die Fäuste geballt, unfähig, zu antworten oder sich von der Stelle zu rühren.

»Sis, geh ihn holen. Sag ihm, daß seine neuen Eltern da sind.« Die Mutter.

Nee, nee ... Auf Zehenspitzen schlich er durch die Diele, kletterte über die Truhe, öffnete die Eingangstür und stürmte in das Treppenhaus hinaus, schlug die Tür hinter sich zu. Wie ein Blitz schoß er die schwarzen Stufen hinunter und blieb dann keuchend an der Haustür stehen.

»JOHNNY!« Big Sis.

Seine Lippen spannten sich an. Ja, er mußte laufen. Niemand schickte ihn fort. Er ging aus eigenem Antrieb. Er trat rasch auf den Gehsteig hinaus, hörte die widerhallenden Stimmen seiner Mutter und Big Sis:

»JOHNNY! Komm zurück, hörst du!«

Er lief die Straße entlang, erreichte den U-Bahn-Eingang und tauchte hinunter, froh, verschwinden zu können, froh, ihnen aus dem Weg gehen, ihrem Zugriff entweichen zu können. Er hatte nur dreißig Cent in der Tasche. Nun, das genügte, um ihn erst einmal fortzubringen. Aber wohin sollte er gehen? Er wußte nur, daß er vor zwei Familien floh, von denen er im Moment keine haben wollte. Konnte er zu Billy gehen? Er wußte es nicht. Wer gehörte nun zu seinen Freunden? Konnte er Billy um Hilfe bitten und ihm vertrauen, nichts weiterzusagen? Er zweifelte. Er stürmte die Stufen hinunter, kam zu einem Drehkreuz, steckte sein Geld in den Schlitz, schob sich durch die Schranke und wartete dann auf den Zug. Er musterte die weißen und schwarzen Gesichter um sich herum, hatte zum ersten Mal in seinem Leben Angst vor den Menschen. Bestimmt wußten sie, daß er davonlief. Aber nein. Keiner beachtete ihn.

Plötzlich schien ihm alles, was geschehen war, so unwirklich, daß er fast zurückgegangen wäre. Sein Herz schmerzte bei dem Gedanken an sein Zuhause, während Liebe und Angst in ihm fochten; dann hörte er, wie der Zug aus der Dunkelheit herandonnerte. Er sah über die Schulter zurück, suchte nach den Gesichtern seiner Mutter und Schwester. Aber nur fremde Gesichter umgaben ihn, und er war beruhigt. Oh, wann kam der Zug endlich! Wenn Big Sis jetzt auftauchte, würde sie den anderen Wartenden zurufen, ihn aufzuhalten ... Ja, dort stand ein Polizist, aber der

beachtete ihn nicht. O lieber Gott, laß den Zug endlich kommen!
Dann fuhr der Zug mit den zwei gelben Augen donnernd ein, quietschend und brutal bremsend, genauso ungestüm und gewalttätig wie die seltsamen Neuigkeiten, mit denen er begrüßt worden war, als er von der Schule nach Hause kam. Der Zug hielt an, und die Türen öffneten sich. Menschen strömten heraus, und er schob sich an ihnen vorbei, dankbar für die Wärme im Wagen. Er stand am Fenster und sah zum Drehkreuz hinüber; niemand, den er kannte, war zu sehen. Ja, seine Mutter und Big Sis suchten bestimmt auf der Straße nach ihm, aber sie würden ihn niemals, niemals finden, nicht, solange sie lebten.
Ja, er würde es riskieren und versuchen, Billy zu treffen. Er könnte vor dem Loew's State warten und mit ihm sprechen. Als die Räder auf dem Stahl knirschten und der Zug losfuhr, dachte er an seine Mutter, seine Schwester, seinen Bruder, seinen Vater; nun, wenn er sie nicht länger als seine Familie haben konnte, dann wollte er überhaupt keine Familie. Die Bahnhofsbeleuchtung, die vorbeiflitzte, war wie die Schüssel mit Schweinshaxe, von der er nichts gegessen hatte, wie das zerknitterte Zeugnis, das in seine Manteltasche gedrückt war, wie der Film *Superman*, den er nie sehen würde, wie Buddy, sein Bruder … Das alles huschte im dunklen Rachen des U-Bahn-Schachts an ihm vorbei, fremd und unwirklich.

III

Die fremden Erwachsenen, die neben Johnny und ihm gegenüber saßen, verstärkten noch die Last seiner Anspannung. Aber als der Zug an den verschiedenen Stationen anhielt, Fahrgäste ausspie, andere in sich aufnahm und sich wieder in Bewegung setzte, verlor sich seine Angst allmählich. Zum ersten Mal in seinem Leben stieß er auf die nackte Wirklichkeit einer Welt ohne Zwischenpuffer, und sein Herz pochte. Was sollte er in dieser fremden Welt anfangen? Wo sollte er schlafen? Wäre es klüger, zu seinen neuen Eltern zu gehen? Nein! Er hatte das Gefühl, betrogen worden zu sein, und es war für ihn eine Sache der Ehre, nicht zu verzeihen und nicht aufzugeben. Aber außer dem vagen Verlangen, sich mit Billy zu treffen, hatte er keine Pläne. Und der Hunger nagte schon in seinem Bauch.

Der Zug hielt an der Zweiundvierzigsten Straße, und nur weil er sonst nichts zu tun wußte, stieg er aus und folgte dem Strom der Menschen auf die nächtliche Straße. Wie riesig und echt die Welt war! Mit seinen roten und grünen und gelben und blauen Lichtern vor dem schwarzen Himmel sah der Times Square wie ein Weihnachtsbaum aus. Aber dennoch wirkte er irgendwie unbeständig, unecht. Johnny fragte sich, ob irgendeiner der Polizisten, die er entdeckte, ihn anhalten würde; wenn ja, dann würde er ihm einfach erzählen, daß er sich mit seiner Mutter verabredet hatte, die bei ... Wo? Wo arbeitete sie? Nun, er würde sich etwas ausdenken.

Sein Magen knurrte. Er kaufte eine Tüte mit heißem, gebuttertem Popcorn, mümmelte die weißen Blüten des salzigen Korns und sah sich unbehaglich um. Um ihn herum drängten sich die Menschen; hohe Gebäude ragten in die Nacht, ihre Fenster leuchteten golden. Der Beton, über den er ging, vibrierte vom Getöse der U-Bahn-Züge. Ein kalter Wind kam auf. Er blieb an einer Kreuzung stehen und sah auf einen Schachtdeckel hinunter, aus dem, wie bei einer Fontäne, Dampf zischte, der mit dem Wind davongerissen wurde.

Er kam an einem Bürogebäude vorbei, schaute durch die Glastür in die Eingangshalle; sie war leer. Er drückte die Tür auf und trat ein, drinnen war es warm und gemütlich. Er lehnte sich gegen einen Heizkörper und kaute auf seinem Popcorn. Was sollte er jetzt tun? Nur noch ein Zehncentstück schützte ihn vor dem Hunger. Er seufzte. Sollte er vielleicht doch zu seinen neuen Eltern gehen? Nein, nein; alles, nur das nicht ... In einem Anfall von Rebellion sah er sich um. Sein Blick fiel auf einen Kiosk mit Süßigkeiten und Zigaretten, der geschlossen und verriegelt war. Er sah sich um; die Halle war leer; die Aufzüge standen still; das Gebäude schien verlassen zu sein, das Wochenende stand bevor. Menschen kamen an der Tür vorbei, aber glücklicherweise wurde der Kiosk in der Ecke von einer Mauer abgeschirmt. Er prüfte das Schloß und fand heraus, daß es ohne größere Schwierigkeiten zu knacken wäre; und hinter dem Kioskfenster sah er viele Lagen mit Schokoriegeln. Das Wasser lief ihm im Mund zusammen. Aber was, wenn er erwischt würde? Nun, was machte es schon aus? Er zog sein Taschenmesser heraus, sah sich um. Nein, nein, das darf ich nicht machen ... Aber er hatte Hunger. Er machte sich an dem Holz zu schaffen, versuchte die Schrauben zu lockern, aber das Schloß ging nicht auf. Er hieb mit aller Kraft darauf ein, und das Schloß klirrte auf den gefliesten Boden. Die Messerklinge fuhr in seine Handinnenfläche. Blut spritzte heraus. Er drückte die Hand gegen den Mund und saugte an der Wunde. Nein, dafür blieb ihm nun keine Zeit. Er mußte an die Süßigkeiten herankommen. Er öffnete die Tür einen Spaltbreit und tastete hinein. Dann begann er, sich die Taschen mit gesalzenen Erdnüssen vollzustopfen; er tastete weiter, suchte nach den Süßigkeiten. Draußen waren schwere Schritte zu hören. Da! Er spürte das knisternde Papier der Schokoriegel; er stopfte sie in sein Hemd, das Papier fühlte sich kalt an auf seiner Haut. Er hatte genug; er mußte zusehen, daß er wieder hinauskam. Er trat zurück in die Halle, ging durch die Tür hinaus auf die Straße, hörte das melodische Geräusch der Papierverpackung unter seinem Hemd. Er begegnete einem Polizisten und hielt seinen Kopf stur nach vorn gerichtet, bis dieser außer Blickweite war. Er holte einen Schokoriegel heraus und begann zu essen. Er wollte gerade die Straße überqueren, als er eine Hand auf seiner Schulter spürte.

»Einen Moment, Bürschchen«, klang die Stimme in seinen Ohren.

Er drehte sich um und sah dem Polizisten ins Gesicht, an dem er gerade vorbeigekommen war. Die Angst ließ seinen Körper erstarren.

Er zuckte zusammen, hörte, wie die Schokoriegel unter seinem Hemd knisterten. »Sir?« fragte er atemlos.

»Was tust du hier so ganz allein, Bürschchen?« fragte der Polizist und zog die Augenbrauen hoch.

»Ich treffe mich mit meiner Mama«, brachte er seine zurechtgelegte Lüge hervor.

»Stimmt das?«

»Yes, Sir. Sie arbeitet bis spät am Abend, und ich hole sie immer ab. Sie fürchtet sich, allein nach Hause zu gehen«, erklärte er.
»Wo arbeitet sie denn?«
»In einem Kino, im Globe, Mister«, antwortete er.
»Dort gibt es aber gar keine schwarze Platzanweiserin«, entgegnete der Polizist.
»Sie arbeitet auf dem Frauenklo.«
»Oh! Also gut, mein Sohn, ich wollte nur sehen, ob du die Wahrheit sagst.« Er lockerte seinen Griff und tätschelte Johnnys Kopf.
Johnny ging weiter, wagte nicht, sich umzudrehen. Als er einen ganzen Block weiter war, bog er in eine Seitenstraße ein und rannte los, ließ zwischen sich selbst und dem Polizisten Hunderttausende von Menschen strömen. Dann aß er einen weiteren Schokoriegel.
Er sehnte sich danach, mit jemandem zu sprechen. Ja, er würde es riskieren, Billy zu sehen. Was hatte Billy wohl getan, als er nicht vor dem Kino aufgetaucht war? Ganz bestimmt war Billy zu ihm nach Hause gegangen und hatte erfahren, daß er weggelaufen war, und vielleicht hatte er auch mehr über seine richtige Mutter und seinen richtigen Vater erfahren, als sie ihm selbst erzählt hatten. Plötzlich wollte er Billy nicht mehr sehen. Er war Billy gegenüber mit der gleichen emotionalen Zurückweisung infiziert, die er auch seinen Eltern entgegenbrachte.

Aber mit wem sollte er sprechen? Da war seine Lehrerin, Mrs. Alma Ried, aber sie war weiß, und sie lebte irgendwo weit weg. Angenommen, er würde sie anrufen? Nein. Sie würde nur die Polizei einschalten … Was war mit seinen anderen Freunden? Sie würden zuviel wissen wollen, und sie könnten ihm ohnehin nicht helfen. Und sie würden sich nur überlegen fühlen, wenn sie erführen, daß er keine Mutter und keinen Vater hatte und von zu Hause weggelaufen war. Sie würden sich über ihn lustig machen.

Aber er konnte sich nicht die ganze Nacht über auf der Straße herumtreiben. Er ging besser nach Harlem zurück. Nun, er würde laufen müssen, denn er hatte kein Geld mehr für die Fahrt. Oh, vielleicht könnte er sich in die U-Bahn schleichen, wie er das bei anderen Jungs gesehen hatte. An der Achtundvierzigsten Straße ging er zur U-Bahn hinunter; es war kein Aufseher da, aber es gab ein Drehkreuz, an dem man bezahlen mußte. Eine Frau schob ihre Münze in den Schlitz und ging durch die Schranke. Johnny wartete. Schließlich kam ein junger, freundlich wirkender weißer Mann.

»Mister«, sagte Johnny leise.

»Was willst du denn, Junge?«

»Wenn Sie Ihre Münze eingeworfen haben, lassen Sie mich dann bitte mit durchrutschen?« bat er. »Ich habe kein Geld mehr.«

»Haha. Also gut. Los, komm«, sagte der Mann.

»Yes, Sir. Vielen Dank, Sir.«
Der Mann warf sein Geld ein, und Johnny schob und drängte sich mit ihm durch die Schranke.
»Vielen Dank!« rief er und rannte den Bahnsteig entlang. Er wollte sich setzen, solange er auf den Zug wartete, und nachdenken. Würde er so weitermachen, würde man ihn bald schnappen. Die Welt erwies sich als viel härter, als er geglaubt hatte. Jeder Augenblick barg Schwierigkeiten und Fragen in sich, die er nicht beantworten konnte. Ein Expreßzug nach Harlem fuhr ein. Er betrat den Waggon und setzte sich zwischen warm gekleidete, mit sich selbst beschäftigte Erwachsene, schwarze und weiße, deren Kiefer Kugeln aus Kaugummi kneteten. An der Hundertfünfzehnten Straße stieg er aus und betrachtete freudlos die Szenerie, die ihm nur wenige Stunden zuvor noch gefallen hätte. Seine Welt war ihm entrückt, war weniger verläßlich geworden; aber gleichzeitig auch viel realer, eindeutiger, abweisend und bedrohlich.
Er wußte zwar nicht, ob er Billy wirklich sehen wollte oder nicht, schlenderte aber doch in Richtung von Billys Wohnhaus. Billy war die einzige getreue Verbindung zu jener Welt geblieben, die ihn verstoßen hatte. Schwerfällig ging er an Zeitungskiosken vorbei, in denen grellbunte Zeitschriften auslagen, an Kneipen mit raufenden Männern und Frauen, an Drugstores, in denen Neonlichter brannten.
Gegenüber dem Haus, in dem Billy wohnte, wurde er

langsamer. Vielleicht hatte seine Mutter oder Big Sis die Polizei benachrichtigt, und vielleicht war in der Nähe von Billys Haus irgendwo ein Polizist in Zivil postiert worden, um ihn zu beobachten. Er überquerte die Straße und sah zu den dunklen Fenstern im vierten Stock hinauf, wo Billy wohnte. Wo war Billy? Er hatte das Gefühl, als würde ihn die Welt, die ihn gekannt hatte, vergessen und sich weiterdrehen, als hätte es ihn nie gegeben. Vielleicht waren Billy und seine Familie jetzt bei ihm zu Hause? Ja, so war es. Er ging im Schatten der Häuser entlang, schlug den Weg zu seinem eigenen Zuhause ein und sah ängstlich zu den erhellten Fenstern seiner Wohnung hinüber. Ja, dort geschah etwas. Sie sprachen über ihn, bemitleideten ihn. Ein Polizist kam den Block entlang, und Johnny huschte in die Eingangshalle hinein, duckte sich, bis dieser vorbeigegangen war. Er stand vor der Glastür und schaute verträumt auf die gelben Straßenlaternen, die in der diesigen Dunkelheit leuchteten. Wenn er versuchte, auf dem Boden hinter den Stufen zu schlafen, dann würde vielleicht jemand über ihn stolpern. Er erstarrte; die Tür hinter ihm wurde geöffnet, und ein schwarzer Mann trat heraus.

»Auf wen wartest du, Junge?«

»Ich wohne hier«, murmelte er. »Was geht Sie das an?«

»Warum gehst du dann nicht in deine Wohnung?«

»Ich warte auf meinen Bruder«, log Johnny.

Der Mann murmelte etwas vor sich hin und ging weg. Würde dieser Mann einem Polizisten sagen, daß er einen Jungen gesehen hatte, der sich in der Eingangshalle herumdrückte? Oje, es war zu gefährlich, hier herumzuschleichen. Er ging wieder in Richtung von Billys Haus. O Gott! *War das dort nicht Billy?* Doch! ... Aber er wagte nicht, laut nach ihm zu rufen.

Er stürmte auf ihn zu, froh, daß Billy allein war, folgte ihm, bis er in eine Eisdiele trat. Jetzt würde er mit Billy reden; sein Herz schlug heftig vor Aufregung, denn nun würde er erfahren, was bei ihm zu Hause passiert war, seit er weggegangen war. Ja, Billy hatte jetzt eine Eistüte in der Hand und befand sich auf dem Weg nach draußen. Johnny trat näher heran, blieb aber außer Sichtweite, seinen Kopf hatte er gegen den kalten Wind eingezogen.

»Billy«, flüsterte Johnny.

Mit großen, erstaunten Augen fuhr Billy zu ihm herum.

»Johnny!« stieß er hervor und lächelte. Aber sein Lächeln schwand schnell wieder. »Sie suchen dich ...«

»Ich weiß.«

»Wo warst du? Ich war gerade bei dir.«

»Ich weiß. Hör zu, Billy ... ich muß mit dir reden. Aber sag bloß niemandem, daß du mich getroffen hast, verstanden? Versprichst du's?«

»Äh, ja«, antwortete Billy zögerlich.

»Billy, ich kann nicht mehr nach Hause zurückkehren«, vertraute Johnny ihm an.
»Warum?«
»Weißt du das nicht? Was haben sie denn zu dir gesagt? Hör zu, können wir nicht irgendwo hingehen und reden?«
»Ich muß das Eis zu Hause abliefern«, entgegnete Billy.
Billy starrte Johnny mit durchdringender Neugier an. Konnte er Billy vertrauen?
»Laß uns hier in die Eingangshalle gehen und reden«, bat Johnny.
»Das Eis schmilzt«, klagte Billy.
»Oh, na schön«, erwiderte Johnny mit wachsendem Ärger. »Du bist mein Freund, aber du verhältst dich, als wärst du sonst wer.«
»Äh, nein«, widersprach Billy. »Schau, laß mich das Eis hochbringen, dann mach' ich mich dort gleich wieder aus dem Staub, und wir reden, okay?« In Billys Gesicht lag eine gewisse Ehrfurcht. »Ich weiß, wo wir hingehen können.«
Johnny verstand das befremdliche, bewundernde Glühen, das in Billys Augen leuchtete, nicht. Würde Billy ihn verraten? »Meinst du das ernst, Billy?«
»Klar! Himmel, ich will doch auch mit dir reden«, antwortete Billy und lachte.
»Was meinst du damit?« fragte Johnny.
»Jemine, ich hab' dir 'ne Menge zu erzählen«, sagte

Billy. »Ich war bei dir zu Hause, weil du nicht zum Kino gekommen bist ...«
»Also gut. Trag das Eis nach oben. Ich warte hier auf dich«, sagte Johnny.
»Okay. Bin in zehn Minuten wieder da.«
»Aber ... verrat mich bloß nicht«, bat Johnny eindringlich.
»Keine Sorge«, erwiderte Billy. »Warte hier auf mich, ja?«
»Ich warte«, versicherte Johnny ihm. »Aber wenn du mich verrätst, dann verfolge ich dich, solange ich lebe. Ich bringe dich um, hast du verstanden?«
Billy starrte ihn an, nickte, stürmte dann den dunklen Gehweg entlang. Langsam schlich Johnny ihm nach, überquerte die Straße und versteckte sich in einem Hauseingang. Er hatte das Gefühl, als sei ein ganzes Jahr vergangen, als Billy endlich wieder auftauchte. Er zog sich seinen Mantel über, während er die Treppen heruntergerannt kam. Seine Augen leuchteten neugierig. Er ist schon in Ordnung, dachte Johnny erleichtert.
»Los, komm«, sagte Billy aufgeregt. »Ich weiß, wo wir reden können.«
»Wo denn?« fragte Johnny mißtrauisch.
»Keine Sorge. Komm mit«, bestimmte Billy.
Sie gingen, ohne zu sprechen, davon. In der Ferne hörte Johnny Polizeisirenen, und er packte Billys Arm.

»Hat nichts zu bedeuten«, sagte Billy. »Nur keine Panik.«
Schweigend gingen sie weiter, bis Johnny merkte, daß sie sich in der Nähe der Schule befanden, die sie beide besuchten. Führte Billy ihn in eine Falle?
»Wohin gehen wir?« fragte Johnny irritiert.
»Immer hinter mir her, Johnny, hier bist du sicher«, beruhigte Billy ihn.
Sie betraten das Schulgelände. Die Schule war doch geschlossen, warum brachte Billy ihn denn hierher, wenn nicht, um ihn in eine Polizeifalle zu locken? Abrupt blieb Johnny stehen.
»Billy, was hast du vor?« fragte er.
»Ich kenne einen guten Platz«, erklärte Billy. »Glaub mir. Laß uns erst mal dort hingehen, dann erkläre ich dir alles.«
Sie näherten sich dem großen, dunklen Schulgebäude, dessen schwarz scheinende Fenster wie tausend hohle Augen wirkten. Billy führte Johnny zu einem Kellerfenster, bückte sich und zog das Fenster langsam hoch.
»Siehst du, es ist nicht verriegelt«, flüsterte Billy. »Das weiß ich schon seit 'ner ganzen Weile.«
»Und was ist da drin?« fragte Johnny.
»Unsere Gang benutzt diesen Ort ...«
»Welche Gang?«
»Ich erzähl' dir's gleich«, antwortete Billy. »Laß uns erst reinsteigen und hinsetzen. Der Mond geht auf,

wir können uns auch in ein Klassenzimmer setzen und reden. Haha!«
Johnnys Angst schwand. Er lächelte und klopfte Billy auf den Rücken.
»Ich dachte mir, daß du mein Freund bist. Jetzt *weiß* ich es«, sagte er.
Billy grinste, sah sich um, ob jemand sie beobachtete, kroch dann unter dem pechschwarzen Fenster hindurch auf den Betonboden.
»Komm schnell! Wir wollen nicht, daß jemand das offene Fenster sieht«, sagte Billy.
Johnny kletterte in den Keller hinunter und folgte Billy in der Dunkelheit. Billy öffnete eine Tür zu einem Klassenzimmer, und Johnny blieb stehen, starrte hinein. Absolute Stille hatte sich über die Reihen der Schulbänke und die Tafel gelegt; nur eine Uhr an der Wand tickte. Ein sanfter Schein des Mondes durchdrang eine Wolkenbank, fiel durch die Fenster und tauchte die Schulbänke in geisterhaften Glanz.
Billy lachte.
»Komisch, was?« fragte er. »Ich komme manchmal her und setze mich und denke nach ...« Billy schwieg einen Moment lang, fuhr dann nüchtern fort: »Bei mir bleibt in der Schule nichts hängen. Scheint so, als käme ich einfach nicht mit, wenn es um Buchstaben und Zahlen geht. Aber du bist so gut, Johnny.«
»Was für eine Gang kommt denn hierher, Billy?«
»Das ist ein Geheimnis«, begann Billy. »Wir dachten

nicht, daß du mitmachen willst; deshalb haben wir dir nie davon erzählt. Du hast ja nie mit den Jungs vom Block gespielt, verstehst du. Die Gang gibt es schon lange. Wir nennen uns ›Streuner‹. Wir hatten nie einen Ort, wo wir uns treffen konnten. Eines Nachts habe ich gesehen, daß das Fenster zerschlagen war, und ich bin hergekommen und habe den Platz ausgekundschaftet. Jetzt haben wir einen Treffpunkt hinter dem Kohlenkeller, den wir uns ganz gut hergerichtet haben. Jetzt teilen wir beide ein Geheimnis. Ich weiß deines, du weißt meines.«

Johnny begann seinen Freund zu verstehen. Die ganze Zeit über hatte er nur gewußt, daß Billy ein ziemlich schlechter Schüler war, aber er hatte nicht geahnt, wie sehr Billy darunter litt. Er hatte sich mit den Stunden gequält und sich vor seinen Pflichten gedrückt, indem er einer geheimen Jungenbande beigetreten war.

»Setz dich«, forderte Billy ihn auf und ließ sich locker auf eine Schulbank plumpsen.

Sie saßen seitlich an zwei Schreibpulten, sahen sich an, ihre schwarzen Gesichter wirkten im bläulichen Schein des Mondlichts angespannt.

»Du warst bei mir zu Hause«, sagte Johnny zögerlich.

Billys Gesicht hellte sich auf, und Johnny war überrascht. Billy tat so, als sei ihm eine große Ehre zuteil geworden. »Yeah«, sagte er grinsend.

»Was haben sie über mich gesagt?«

»Sie haben nicht viel gesagt.« Billy grinste wieder.
»Ach, komm schon, los«, drängte Johnny und wurde ärgerlich, seine Wangen brannten vor Wut. »Waren diese Leute noch da, die Greens?«
»Yeah«, antwortete Billy munter.
Machte sich Billy über seine Sorgen lustig, darüber, daß er verstoßen worden war?
»Verdammt, du hast mich hierhergebracht«, schimpfte Johnny. »Jetzt erzähl mir schon, was sie gesagt haben. Warum wollen die Leute von der Stadt, daß ich von zu Hause weggehe?«
»Weißt du das wirklich nicht?« fragte Billy erstaunt.
»Ich würde nicht fragen, wenn ich es wüßte«, entgegnete Johnny kleinlaut.
»Das meinst du nicht ernst«, spottete Billy und lachte träge.
»Mach dich bloß nicht über mich lustig«, sagte Johnny verärgert. »Du hast eine Mutter und einen Vater und ein Zuhause und ...«
»Jemine!« unterbrach Billy ihn. »Johnny, ich wäre wirklich gern du!«
Johnny blinzelte und starrte ihn an. Billy hatte ganz ernst geklungen, er machte keinen Spaß; aber warum?
»Was zum Teufel meinst du?«
»Himmel, ich wollte, jemand würde mich von zu Hause wegnehmen«, jammerte Billy wehmütig.
Sprachlos gaffte Johnny ihn an. Niemals hätte er

gedacht, daß er jemandem begegnen würde, der ihm seine mißliche Lage neiden könnte!
»Du verstehst wohl nicht richtig, Billy«, folgerte Johnny geduldig. »Weißt du denn, warum sie mich zu anderen Eltern schicken wollten? Sie haben gesagt, ich gehöre nicht hierher. Sie haben gesagt, sie sind nicht *meine* Eltern ...«
Billys Augen leuchteten vor Neid und Eifersucht. Er war stolz auf Johnny! Er fand es phantastisch, was Johnny passiert war!
»Billy, sei kein Dummkopf!« platzte Johnny heraus und verschluckte sich fast vor lauter Ärger. »Also, was haben sie gesagt?«
»Sie haben eine ganze Menge gesagt«, sagte Billy nun langsam. »Aber ich habe nicht alles verstanden und ...«
»Ich glaub' dir kein Wort!« schnauzte Johnny. »Sag's endlich. Egal, was es war.«
»Johnny, was ist los?« fragte Billy. Nun war er verwirrt. »So habe ich dich ja noch nie gesehen.«
»Sag mir, worüber sie geredet haben!« schrie Johnny in heller Aufregung.
»Pssst! Nicht so laut«, warnte Billy. »Man kann uns sonst hören.«
Johnny besann sich wieder. Er lehnte sich zurück und starrte finster auf die kahle Wand voller Schatten.
»Hilf mir doch, Mann!« sagte er rauh. »Siehst du nicht,

daß ich nicht weiß, wohin ich gehen soll?« Er zitterte, ballte die Fäuste, voller Ärger auf Billy, weil er mehr über ihn wußte als er selbst. Argwohn gegenüber Billy stieg in ihm hoch. Aber was hätte Billy davon, ihn zu verraten?

»Na ja«, fing Billy an, »sie haben alle geweint. Und mein Bruder und ich, wir haben dauernd gefragt, was los ist, wo du bist, und dann haben sie erzählt, daß du davongelaufen bist.«

»Das weiß ich selbst! Was noch?«

»Sie sagten, daß sie dich zu neuen Eltern bringen wollten ...«

»DAS WEISS ICH DOCH ALLES!« brüllte Johnny gereizt. »Ich will wissen ...« Seine Stimme verlor sich.

»Was denn?« fragte Billy.

»Haben sie irgend etwas über meine *richtigen* Eltern gesagt?«

»Ach so ... Nee, nicht viel. Haha! Nee, sie sind nicht deine *richtigen* Eltern.«

»Haben sie gesagt, wer meine richtigen Eltern sind?«

»Äh ... ja. Sie haben über sie gesprochen«, murmelte Billy.

»Und, wer sind sie?« fragte Johnny verzweifelt. Johnny zitterte. Billy wirkte verschüchtert. Johnny raste vor Wut, denn es wurde ihm klar, daß Billy ihn als eine Art Held betrachtete und seine helle Angst nicht verstand. Oder versuchte Billy ihm gerissen auszuweichen, ihm nicht die schreckliche Wahrheit über seine richtige Mutter und seinen richtigen Vater zu sagen?

»Versteh doch, Johnny«, begann Billy kleinlaut, »sie haben so hochtrabende Wörter benutzt, die ich nicht verstanden habe, aber ich sage dir alles, was ich gehört habe, okay? Na ja, es scheint so, als wäre deine Mama nach Atlantic City gegangen ...«

»Wann? Und wo ist sie jetzt?«

»Das weiß ich nicht«, sagte Billy ausweichend. »Ich rede von etwas, was passiert ist, bevor du auf die Welt gekommen bist ...«

»Oh!«

»Dort hat sie einen Mann kennengelernt ...«

»Und weiter?«

»Jemine, ich weiß es nicht«, sagte Billy zögernd. »Scheint so, daß sie diesen Mann kennengelernt hat, und beide zusammen haben sie getrunken ...« Verwirrt brach Billy ab. »Je, Johnny, ich sage nur, was sie gesagt haben, verstehst du? Scheint so, als hätten sie sich betrunken, und der Mann hat ihr ein Kind gemacht, dich ...« Billy runzelte die Stirn. »Sag mal, Johnny, kriegen die Leute Babys, wenn sie betrunken sind?«

»Weiß ich nicht«, gestand Johnny verzweifelt ein.

»Du liest doch so viele Bücher«, machte Billy geltend. »Du müßtest das wissen.«

»In der Bibliothek gibt es keine Bücher über solche Dinge«, murmelte Johnny mürrisch.

»Ach ja, jetzt fällt's mir wieder ein«, rief Billy aus. »Sie sagten, du bist in dieser Nacht gezeugt worden. Ich weiß nicht, was das heißt, aber dieses Wort haben sie benutzt. Sie haben gesagt, daß deine Mutter nur eine Nacht mit dem Mann verbracht hat. Und daß deine Mutter wieder nach Harlem zurückkam und ...«

»Mit meinem Vater?« fragte Johnny hoffnungsvoll.

»Nein.« Billy klang hilflos. Er bekam langsam kalte Füße. »Scheint so, als hätte er sie verlassen. Er wollte sie nicht heiraten.«

»Warum?«

»Weiß ich nicht. Manche Männer wollen eben keine Frauen heiraten«, versuchte Billy zu erklären. »Scheint so, als könnte sie sich noch nicht einmal an den Namen deines Vaters erinnern ... O Johnny, alles weiß ich nicht mehr, was sie gesagt haben. Aber sie waren nicht verheiratet, nicht so wie mein Alter mit meiner Alten verheiratet ist, oder wie Mister Gibbs mit Missis Gibbs.«

Johnny zuckte zusammen. Er konnte Billy nicht mehr ansehen, sein Kopf war voller Bilder der Schande und Erniedrigung. »Was hat mein Vater dann gemacht?« fragte er verunsichert.

»Ich weiß es nicht«, antwortete Billy. »Scheint so, daß dies das einzige Mal war, daß deine Mama deinen Papa gesehen hat. Scheint so, als hätten sie sich nicht genug gekannt, um zu heiraten.«

Johnny wandte sich zur Seite, heiße Tränen rannen über seine schwarzen Wangen.
»Und was hat meine Mutter dann gemacht?« fragte er heiser.
»Na ja, sie sagten, daß sie hier in Harlem krank geworden ist«, fuhr Billy in neutralem, geschäftsmäßigem Ton fort.
»Und wo war ich?«
»Du ...?« Billy hielt inne, lachte dann. »Himmel, du warst noch nicht einmal auf der Welt. Du warst in ihrem Bauch, wo die Babys schlafen, bevor sie geboren werden, wie man sagt.«
»Und was ist dann passiert?«
»Dann wurde deine Mama schrecklich krank«, wiederholte Billy.
»Was hatte sie denn?«
»Mir fällt das Wort nicht mehr ein.«
»Was war krank? Das Herz? Ihr ... ihr ...«
»Die Krankheit war in ihrem Kopf«, berichtete Billy. »Das haben sie gesagt. Sie sagten, sie hätte *Dämon* ... *Dämon* irgendwas. Ich weiß nicht mehr. So ein anderes Wort jedenfalls. Hörte sich an wie Tee oder so was. Ach ja. Sie sagten, es war *Dämon preco* oder so ähnlich.«
»Das war in ihrem Kopf?«
»Ja.«
»Ist das was Schlimmes?«
»Weiß ich nicht, Johnny«, antwortete Billy. »Aber es

scheint so, als wüßte man nicht mehr, was man tut, wenn man diese Krankheit hat. Wie die Verrückten, verstehst du?«

Johnny schauderte, fletschte dann im Dunklen die Zähne.

»Meine Mutter war eine Verrückte?« fragte er ungläubig.

»Das haben sie gesagt, Johnny«, erklärte Billy.

Johnny hatte ein Gefühl, als müsse er sich auf Billy stürzen, ihm mit den Fäusten ins Gesicht schlagen. Aber er wußte, daß Billy nichts dafür konnte.

»Und wo war ich dann?« fragte er weiter.

»Du warst immer noch in ihrem Bauch. Sie hatte immer noch diesen *Dämon preco* in ihrem Kopf, verstehst du? Das ist alles.«

»Was meinst du damit? Das kann doch nicht alles gewesen sein.«

»Na ja, scheint so, als hätten sie deine Mutter in eine ... als hätten sie sie weggebracht. Du weißt schon. In eine dieser Anstalten«, sagte Billy.

»Wo ist sie jetzt?«

»Scheint so, als wäre sie immer noch dort. Sie sagten, sie wollten dir nichts davon erzählen, weil es dich traurig machen würde. Sag mal, Johnny, hast du bis jetzt nichts davon gewußt?«

»Nichts.« Johnny seufzte.

Er grübelte über diese Geschichte nach, die ihm vorenthalten worden war. Das war seine Vergangenheit.

Und diese düstere, verrückte Frau war seine Mutter. Und ein Mann ohne Gesicht und Namen war sein Vater.

»Missis Gibbs sagte, daß du deine Mutter jetzt kennenlernen solltest«, fuhr Billy fort. »Sie sagte, daß du sie jetzt besuchen solltest. Sie sagte, du bist jetzt alt genug.«

»Ich werde sie nicht besuchen.« Johnnys Stimme klang verbittert und wütend.

»Warum?«

»Sie ist nicht meine Mutter ...«

»Doch, das ist sie.«

»Verdammt! Das ist sie nicht! Eine Frau, die verrückt im Kopf ist? Verdammt, nein!«

»Nun, oje, ich weiß auch nicht, Johnny.«

»Wie ist es mit meinem Vater weitergegangen?« fragte Johnny.

»Na ja, scheint so, daß deine Mutter niemandem sagen konnte, wer dein Vater war, als sie an diesem *Dämon preco* litt«, sagte Billy. »Sie konnte sich nicht erinnern. Sie sagten, man hätte sie immer wieder gefragt. Niemand hat deinen Vater gefunden. Aber das heißt gar nichts. Was soll's auch. Du wirst ihn eines Tages finden.«

»Wozu?«

»Wozu was, Johnny?«

»Ach, nichts.«

»Himmel, Johnny, ich wollte, ich wäre du!« Billy ergoß

sich noch einmal in einer Sturzflut der Mißgunst. »Du mußt nicht in die Schule gehen. Ehrlich, ich wollte, mir würde auch so was passieren wie dir!«
»Billy, du spinnst!«
»Nein, tu' ich nicht. Deshalb bin ich doch in diese Gang eingetreten. Warte, bis du sie kennenlernst. Sie werden dich mögen. Du sagst ihnen einfach, was ich dir gesagt habe, und sie werden dich aufnehmen. Dich durchfüttern. Einen Platz zum Schlafen für dich finden. Kleider für dich auftreiben ... Aber ich? Was soll's! Mein Alter säuft nur jeden Abend und schlägt mich und meine Schwester und meine Mama. Deshalb bleib' ich die ganze Zeit von zu Hause weg. Hätte ich keine Mama und keinen Papa, dann wäre alles ganz einfach. Ich müßte nur der Polizei entkommen. Himmel, Johnny, du bist jetzt ein Mann! Du kannst tun, was du willst. Gehen, wohin du willst. Du bist groß, und die Leute werden dich für einen Erwachsenen halten. Sag mal, Johnny, versprichst du mir, daß du mir dann alles erzählst, wenn du's getan hast, und wie man sich dabei fühlt? Man sagt, daß es wie von einer anderen Welt ist. Heiliger Strohsack, du kannst sogar heiraten, du bist ein echter Mann!«
»Schhhh, Billy.« Johnny stöhnte fast. »Red nicht so dummes Zeug.«
»Hör zu, ich lauf' mit dir weg, wie wär' das?«
»Nein, du bleibst zu Hause.«
»Ich bin fast so alt wie du.«

»Nein! Ich will dich nicht bei mir haben.«
»Hast du denn vor, zu diesen neuen Eltern zu gehen?«
»Nein!«
»Dann kommst du also zu den ›Streunern‹?«
Johnny antwortete nicht. Er merkte, daß er keine Wahl hatte. Welchen Sinn hatte es, seine verrückte Mutter zu finden? Seine Mutter und sein Vater hatten ihn verstoßen. Und er wollte keine neue Familie. Er fühlte sich wie ein Eisberg. Wider alle Hoffnung hatte er gehofft, daß man ihm eine andere Geschichte über seine Herkunft erzählen würde, und nun hatte er eine so düstere und schandhafte Herkunft, wie es nur möglich war. Er war ein Nichts, ein Niemand. Er hatte das Gefühl, als könne er auf niemanden in dieser Welt Anspruch erheben. Das Gefühl der Entfremdung, das sich breitgemacht hatte, als seine Mutter und seine Schwester ihm eröffnet hatten, daß er zu neuen Eltern gebracht würde, umhüllte ihn wie eine schwarze Mönchskutte. Es war ein Gefühl, das er sein ganzes Leben lang haben würde, ein Gefühl, aus dem heraus er handeln und leben würde, ein Gefühl, das so lange bei ihm bleiben würde, bis er schließlich vergessen hätte, daß es in ihm existierte.
Er erhob sich und hörte Billy sagen: » ... das Versteck ist unten, hinter der Heizung. Sie werden es dir zeigen. Ich habe einen Eid geleistet, niemandem davon zu erzählen, aber weil du nicht nach Hause zurückgehst, werde ich der Gang sagen, sie soll dich aufneh-

men, verstehst du?« erklärte Billy. »Bei ihnen bist du sicher. Ich muß jetzt gehen, aber ich schreibe ihnen eine Nachricht. Die gibst du ihnen, und sie werden dir was zu essen geben und dich hier schlafen lassen.«
»Okay«, stimmte Johnny teilnahmslos zu.
Billy ging im Klassenzimmer nach vorn und kramte im Lehrerpult. Dann kehrte er mit Papier und Bleistift zurück und kritzelte im blassen Mondschein eine Notiz. Unten auf die Seite malte er einen groben Totenschädel und gekreuzte Knochen und fügte noch einige geheimnisvolle Symbole hinzu.
»Was ist das?« fragte Johnny.
»Das kann ich dir nicht sagen«, murmelte Billy feierlich. »Das ist unser Geheimkode. Ohne diese Zeichen würden sie dich mit Sicherheit umbringen ...«
Johnny lachte, und Billy sah erstaunt auf.
»Das ist kein Spaß, Johnny.«
»Aber warum sollten sie mich umbringen?«
»Hör zu, Johnny, unterschätz diese Typen nicht«, warnte Billy. »Sie meinen es ernst. Die Bullen suchen nach den meisten von ihnen. Sie gehen nicht in die Schule. Sie leben von Diebstählen und Überfällen, verstehst du? Sie schlafen tagsüber und gehen nachts auf Beutezug. Wenn du dich nicht richtig verhältst, legen sie dich um. Das ist wahr.«
Johnny blinzelte. Ja, Billy meinte es ernst. Das war ein neuer Billy, nicht der lachende Billy, den er kannte.

»Ich verstehe«, sagte er zu seinem Freund.
»Das ist auch besser so«, warnte dieser. »Und tu, was sie dir sagen.« Billy seufzte. »Himmel, ich wollte, ich könnte bleiben.« Seine Stimme wurde weich. »Wenn dich die Gang aufnimmt, dann werden sie dir alles erzählen.« Billy fuchtelte mit seinem Finger vor Johnnys Gesicht. »Aber zuerst müssen sie dich prüfen.«
»Wie denn?«
»Das darf ich dir nicht sagen«, murmelte Billy. »Aber nehmen werden sie dich. Du weißt so viele Dinge, die sie wissen wollen.«
»Wie werde ich sie treffen?«
»Du bleibst hier stehen, gleich neben dem Fenster«, wies Billy ihn an. »Beweg dich nicht von der Stelle. Wenn sie hereinkommen, irgendwann um Mitternacht, dann gibst du ihnen diese Nachricht. Baldy ist der Anführer.«
»Wer?«
»Baldy. Ein Typ mit einem kahlen Schädel ...«
»Aber du hast gesagt, daß es Jungs sind wie ich.«
»Sind sie auch. Aber der Anführer ist glatzköpfig. Das ist eine Type«, fügte Billy respektvoll hinzu. »Du wirst ja sehen. Aber eines sag' ich dir noch: Stell nicht zu viele Fragen. Das mögen sie nicht. Bleib einfach da, und sie werden dir alles sagen.«
»Billy, wenn das eine Falle ist, dann bringe ich dich um«, schwor Johnny.
»Ich bin absolut ehrlich«, versicherte Billy, faltete den

Zettel zusammen und schob ihn in Johnnys Hand. »Zeig das niemandem außer der Gang. Wenn die Polizei kommt, dann zerkaust du das Papier und schluckst es, verstanden?«

»Okay.«

»Ich muß jetzt gehen«, sagte Billy und nahm den gleichen Weg zurück zum Kellerfenster hinaus. Johnny blieb in der Dunkelheit stehen, während Billy langsam das Fenster hochschob. Er drehte sich um, sah mit traurigem und zugleich neidischem Blick in Richtung Johnny, kletterte hinaus und flüsterte: »Himmel, ich wollte, ich wäre du.« Dann schloß er leise das Fenster.

IV

Durch die Fensterscheibe hindurch sah Johnny seinem Freund nach, der in die Nacht verschwand. Dann erst bekam er Angst; jetzt war er allein. Er hatte sich darauf eingelassen, eigenständig zu sein. Er würde ein neues Zuhause haben, ein Zuhause, das anders war als jenes von Mr. und Mrs. Gibbs oder das von Mr. und Mrs. Green. Er seufzte und lauschte dem Wind, der gleichmäßig über den Schulhof blies. Von draußen war ein schwacher, schriller Pfiff zu hören. Dann krächzte es irgendwo im dunklen Inneren des Gebäudes geheimnisvoll.

Er erschrak, und er war naß vor Schweiß, Schweiß, der an der knisternden Verpackung der Schokoriegel unter seinem Hemd klebte. Er dachte darüber nach, die Süßigkeiten herauszuholen, aber er hatte schlichtweg nicht genug Kraft. Er kämpfte gegen

Empfindungen an, die ihn zu übermannen drohten, bewegte sich nervös, und das Papier in seiner Hand raschelte trocken und unheilvoll. Ja, es war sein Passierschein in sein neues Leben, in eine neue und fremde Jungengang, auf die er angewiesen war, was das Essen und ihre Freundschaft anging. Wenn sie ihn, aus welchem Grund auch immer, zurückwiesen, befände er sich wieder auf der kalten Straße, in der der Wind pfiff. Gegen seinen Willen dachte er an seine Mutter, an die er sich nicht erinnern konnte, eine Mutter, die sich nicht um ihn gekümmert hatte und die eingesperrt war. Er kannte sie nicht, und sie kannte ihn nicht. Plötzlich fühlte er sich schuldig, als hätte er Unrecht getan, ein großes und schreckliches, aber namenloses Unrecht. Er beugte sich nach vorn und schluchzte bebend auf. Dann war er eine Weile lang ganz ruhig, erfüllt von einem seltsamen Gefühl der Leere. Aber in seinem Innern erstand aus dem wilden Durcheinander seiner früheren Empfindungen ein neues Selbst, und als er sich dessen bewußt geworden war, hatte es sich in seinem Verstand und in seinem Herzen bereits einen festen Platz erobert. Er mußte überleben, mußte hart und wachsam sein, mußte planen und überlegen und den Wert einer jeden Stunde eines Tages erwägen. Es würden Zeiten kommen, in denen er sich passiv verhalten mußte, und andere, in denen er agieren und ohne Vorwarnung zuschlagen mußte.

Lange nach Mitternacht hörte er etwas, was wie ein vorsichtiger Schritt im Kies vor dem Fenster klang. Obwohl er wußte, daß dieses Geräusch die Ankunft der Gang signalisierte, wich er angespannt in die Dunkelheit des Korridors zurück. Langsam und leise wurde das Fenster etwa einen halben Meter hochgehievt. Argwöhnten sie, daß er da war? Dann hörte er:
»Los. Die Luft ist rein.«
Das Fenster wurde vollends geöffnet, und eine dunkle Gestalt kletterte herein, landete auf dem Fußboden. Eine weitere folgte, dann noch eine. Er wollte seine Anwesenheit kundtun, wartete aber noch ab. Als die drei Gestalten im Korridor waren, wurde das Fenster wieder heruntergelassen. Nun trat Johnny vor, räusperte sich, bevor er zu sprechen begann. Er hielt das weiß leuchtende Papier in die Dunkelheit.
»Hört zu«, begann er, »Billy hat gesagt ...«
Er konnte den Satz nicht zu Ende bringen. Füße scharrten hastig; ein Messer blitzte vor seinen Augen auf, und grobe Hände drückten ihn brutal gegen die Wand. Er stöhnte auf, als sich ein Knie in seinen Magen rammte und eine Hand fest auf seinen Mund gepreßt wurde.
»Ein Ton, und wir bringen dich um, Bastard!« sagte eine schnarrende Stimme.
Johnny hielt still, atmete schwer.
»Leuchte ihm mit der Taschenlampe ins Gesicht«, ordnete jemand an.

Grelles Licht blendete Johnny. Er versuchte außerhalb des Lichtstrahls Gesichter zu erkennen, es gelang ihm nicht.
»Wer zum Teufel bist du, Bursche?« zischte eine Stimme.
»Ich – ich habe eine Nachricht«, brachte er mühsam heraus.
»Komm zur Sache, Bastard«, murmelte ein anderer, als wäre seine Erklärung völlig bedeutungslos gewesen.
»Die Nachricht … ich hab' sie in der Hand«, keuchte er. »Billy hat sie mir gegeben.«
»Was für ein Billy?« drängte jemand. »Was zum Teufel weißt du über uns?«
»Wer ist er, Baldy?« fragte eine Stimme.
»Wenn ich's, verdammt noch mal, nur wüßte«, antwortete die schnarrende Stimme.
»Hier ist die Notiz«, wiederholte Johnny.
»Was für eine verdammte Notiz?« fragte die rauhe Stimme.
»H-h-hier.«
Sie lockerten ihren Griff ein wenig. Die Messerklinge, die gegen die Haut seines Halses drückte, fühlte sich kalt und scharf an.
»Wovon redet er, Baldy?« fragte jemand.
»Ich weiß nicht, was zum Teufel er meint«, schnarrte die Stimme ganz in seiner Nähe.
»Die N-notiz … sie ist h-h-hier in meiner Hand«,

hauchte Johnny und merkte, wie notwendig es war, daß sie ihm glaubten. »Nehmt den Zettel ... und lest ihn. Billy hat ihn mir gegeben. Billy Sayers. Ihr kennt ihn. Er war bis vor kurzem noch hier.« Seine rauhe Stimme erstarb.

»Was weißt du über Billy?« fragte jemand in der Dunkelheit.

»L-lest die N-notiz«, bat er verzweifelt.

Seine Augen gewöhnten sich an das Licht der Taschenlampe, und so konnte er in ihren Gesichtern Zweifel und Angst sehen.

»Skinkie, nimm den Zettel«, kommandierte eine Stimme. »Gib ihn Baldy.«

Johnny erkannte jetzt den Jungen, den sie Baldy nannten. Für Sekunden tauchte im Mondlicht ein kahler Schädel auf, der kahle Schädel mit einem jungen Gesicht. Es war Baldy, der die schnarrende Stimme hatte, der das Messer an seinen Hals und ein Knie in seinen Magen gedrückt hielt. Baldys Gesicht war angespannt, schwarz, hart, brutal, er hatte rote Augen und geschwollene Lider. Die schmalen, trockenen Lippen waren leicht geöffnet, und Johnny konnte stummelartige weiße Zähne sehen.

Skinkie, ein Junge mit einem runden, braunen Gesicht, großen, schwarzen Augen und breiten Lippen, die schlaff herunterhingen, kam auf ihn zu und schnappte ihm den Zettel aus der Hand, trat langsam

zurück, faltete ihn auseinander und leuchtete mit der Taschenlampe darauf.
»Was steht drin?« fragte Baldy, der das Messer immer noch gegen Johnnys Hals gedrückt hielt.
»Okay, von Billy«, murmelte Skinkie, »weil … hier ist der Kode.«
»Gib her«, sagte Baldy. Er nahm sein Knie aus Johnnys Bauch und riß Skinkie den Zettel aus der Hand. Das Messer aber blieb an Johnnys Hals.
Die beiden anderen Jungs lockerten ihren Griff, aber Baldy, der kein Risiko eingehen wollte, murmelte: »Paßt bloß auf diesen Scheißkerl auf!«
Schnell wurden Johnnys Arme wieder in die Zange genommen.
»Rühr dich nicht von der Stelle, Bursche«, warnte Skinkie. »Ich habe einen Eispickel in der Hand, direkt an deinem Herzen. Wenn der reinwandert, kommt nur noch Ketchup raus.«
»Okay«, hauchte Johnny.
Baldy las die Notiz und reichte sie den anderen.
»Er muß in Ordnung sein«, sagte er nachgiebig. Er kam ganz nahe an Johnny heran. »Aber wenn du uns verarschst, Freundchen, dann bringen wir dich um, verstanden?«
»Ich verarsch' euch nicht«, erklärte Johnny.
»In Ordnung«, sagte Baldy. »Nehmt ihn ins Loch.« Baldy hielt inne. »Verbind ihm die Augen, Skinkie.«

»Gib mir dein Taschentuch«, bat Skinkie einen dritten Jungen.
Ein Junge, den Johnny bislang noch nicht richtig wahrgenommen hatte, trat aus der Dunkelheit zu ihm heran, schlang ein schmutziges Taschentuch um Johnnys Augen und verknotete es hinter seinem Kopf. Dann spürte er einen spitzen Stoß mit der scharfen Kante des Eispickels in seinem Rücken.
»Los vorwärts, aber langsam«, kommandierte Baldy. »Paß auf, wo du hintrittst.«
»Eine falsche Bewegung«, warnte Skinkie, »und ich drück' dir das Ding durch deinen verdammten Nabel!«
»Ich tu' alles, was ihr sagt«, flüsterte Johnny gehorsam.
»Zum Teufel, das ist auch besser so«, erwiderte Baldy sadistisch.
Johnny machte ein paar Schritte in die absolute Dunkelheit hinein, tastete sich mit schleifenden Füßen vorwärts aus Angst, über Stufen zu stolpern oder gegen eine Wand zu stoßen. Er hörte die Jungen hinter sich flüstern, spürte den Eispickel, der seine nackte Haut am Rücken berührte.
»Ich kann nichts sehen«, beklagte er sich vorsichtig.
»Du gehst einfach weiter, wir sagen dir schon, was du zu tun hast.« Baldy klang sarkastisch. »Wir sagen dir sogar, wenn du atmen sollst, du Scheißkerl.«
»Ich tu' alles, was ihr wollt«, gelobte Johnny hilflos.
»Das wird auch besser sein«, höhnte Baldy.

Zwei Minuten lang tapste Johnny vorwärts, dann hörte er Baldy sagen: »Stopp, Junge! Okay, Skinkie, mach die Tür auf.«
Johnny hörte Schritte, die vorausgingen, und einen Augenblick später war das Klicken eines Schlosses zu hören und eine Tür, die quietschend aufschwang.
»Okay, Freundchen«, sagte Baldy. »Jetzt kommen Stufen. Geh langsam hinunter. Paß auf – wenn du stolperst, brichst du dir dein verdammtes Genick.«
Johnny stieg die Treppe hinunter, als würde er durch eine tiefe Wasserströmung waten.
»Was sollen wir mit diesem Scheißkerl überhaupt machen?« fragte eine Stimme.
»Das werden wir schon noch herausfinden«, antwortete Baldy, und gleich darauf befahl er: »Jetzt sind wir unten, Bürschchen. Paß auf.«
Johnny erreichte den Fußboden und blieb stehen. Er spürte, daß er auf sandigem Grund stand, der Boden war entweder voller Kohlenstaub oder Asche. Frische, klare Luft stieg in seine Nase. Der Eispickel wurde von seinem Rücken entfernt, und er hörte, wie ein Taschenmesser zusammenklappte. Seine Arme wurden gefesselt, dann schob man ihn langsam weiter. Schließlich blieben sie stehen. Eine weitere Tür wurde geöffnet und Johnny grob in einen Raum gestoßen.
»Hinein!« rief Baldy.
Johnny stolperte fast über seine eigenen Füße und blieb abrupt stehen.

»Mach die Tür zu, Treetop«, kommandierte Baldy.
Eine Tür schlug zu.
»Gib mir ein Streichholz«, sagte Skinkie.
Johnny hörte, wie ein Streichholz gezündet wurde. Gleichzeitig zog ihm Baldy die Binde vom Kopf. Skinkie war damit beschäftigt, vier heruntergebrannte Kerzen anzuzünden, die auf einer umgedrehten leeren Pappschachtel standen. Der schmutzige Raum, der sich offensichtlich neben dem Kohlenkeller befand, war ungefähr vier mal sechs Meter groß und vollgestopft mit alten Schulbänken, Kreideschachteln, Tafeln und zugeklebten Pappkartons.
»Hinsetzen! Jetzt wollen wir uns das Bürschchen mal vornehmen«, murmelte Baldy.
Johnny sank in eine Schulbank und sah direkt in die Gesichter der Jungen, die ihn gefangenhielten. Da war Baldy, vierschrötig, schwarz, dick; sein Gesicht war schmal, und sein Kopf leuchtete wie eine Kuppel. Obwohl Johnny wußte, daß Baldy der Anführer der Gang war, mußte er über ihn lachen. Sein Kopf glich dem eines alten Mannes mit einem Kindergesicht. Wie war Baldy so geworden?
Und dann war da Skinkie mit seinem runden Gesicht und der großen, wäßrigen Iris. Er mochte Skinkie nicht, denn in den blutunterlaufenen Augen des Jungen lagen Grausamkeit und ein unerklärliches Potential an Brutalität.

Treetop war ein großer, schlammfarbener Mulatte mit kohlschwarzen, glatten Haaren. Seine Haut war übersät mit Pickeln, aus denen wäßrige Flüssigkeit austrat. Treetop war dünn wie eine Bohnenstange und überragte die anderen um einen Kopf. Seinen breiten Mund hielt er fest geschlossen. Bei ihm spürte Johnny eine schreckliche Anspannung, und er stellte fest, daß er ihm nicht lange in die Augen schauen konnte.

»Was wollen die von dir?« fragte Treetop.

»Wer?« fragte Johnny zurück.

Baldy streckte seine flache rechte Hand aus und schlug Johnny ins Gesicht. Sein Kopf prallte zurück, und Sternchen tanzten vor seinen Augen. Schmerz betäubte seine Lippen, und er spürte die Wärme seines eigenen Blutes.

»Wenn du was gefragt wirst, dann antwortest du, Scheißkerl!« polterte Baldy.

»Ich weiß nicht, was du meinst.« Johnny bebte vor Wut.

»Was wollen die Bullen von dir?« mischte sich Skinkie ein.

»Nichts«, antwortete Johnny.

»Und warum zum Teufel bist du dann hier?« fragte Baldy weiter.

Johnny seufzte und beugte sich nach vorn. Das waren harte Jungs. »Hat Billy davon in seiner Notiz nichts geschrieben?«

Baldy packte einen Büschel von Johnnys Haaren und zerrte seinen Kopf zurück.
»Hör auf, uns hinzuhalten, Bastard«, schnauzte Baldy. »Wenn wir eine Frage stellen, dann antwortest du!«
»I-ich bin von zu Hause weggerannt«, sagte Johnny keuchend.
»Warum hast du das nicht gleich gesagt?« fragte Treetop.
Johnny antwortete nicht. Ja, er mußte hier auf der Hut sein, mußte sich jedes Wort gut überlegen, sonst würde er schrecklich bestraft.
»Wo hat's denn gebrannt?« fragte Skinkie.
»Warum ich weggelaufen bin?« Johnnys Stimme zitterte.
»Yeah. Warum bist du abgehauen?« schnarrte Baldy mit übertriebener Geduld.
»Als ich ungefähr sechs Monate alt war, brachte die Stadt mich zu einer Familie, in der ich aufwachsen sollte.« Johnny sprach schnell. »Ich dachte die ganze Zeit über, das ist meine richtige Familie, versteht ihr? Aber heute haben sie mir gesagt, daß das nicht stimmt und daß ich weggehen und bei einer anderen Familie leben muß. Also bin ich davongelaufen.«
»Du bist also ein Streuner, was?« fragte Baldy.
»W-was?« stotterte Johnny.
»Haha. Sieht so aus, als hättest du keine blasse Ah-

nung, oder?« Baldy klang verwundert und verächtlich freundlich. »Wie lautet dein Name?«
»Johnny Gibbs.«
»O-oh. Wir werden dir einen anderen Namen geben«, sagte Baldy.
»Warum?«
»Das wirst du schon noch erfahren. Wir sind die ›Streuner‹, kapiert? Und du bist jetzt auch ein Streuner. Billy hat dich ins richtige Loch gebracht, okay. Wir haben alle in Heimen gelebt. Wir waren klug genug, wegzugehen«, erklärte Baldy.
Skinkie und Treetop lachten. Baldy drehte Kreise, kratzte sich am kahlen Schädel.
»Verdammt, hat's dir die Sprache verschlagen?« fragte Baldy. »Auf dem Zettel steht, daß du klug bist, aber davon merkt man, verdammt noch mal, nichts.«
»Ich bin Waise«, sagte Johnny, »aber bis heute wußte ich nichts davon.«
»Du fängst besser an, alles mögliche zu wissen.« Baldy legte ihm die Gesetze des Ganglebens dar.
»Ah, gib dem Trottel 'ne Chance«, schlug Skinkie vor und grinste.
»Irgendwie müssen wir's alle lernen«, murmelte Treetop.
»Du bist für die Gang kaum von Nutzen, wenn du immer so langsam denkst wie heute abend, Penner«, sagte Baldy freundlich. »Vielleicht bist du für die Lehrer in der Schule klug. Aber diesen Schulkram

können wir nicht brauchen.« Baldy kicherte. »Wir wollen in unserer Gang keine hochnäsigen Typen. Penner bringen sich selbst in Gefahr, aber uns auch, verstehst du? Wir sind ziemlich hart, Baby. Das zählt hier.« Baldy tätschelte seinen glänzenden Schädel. Treetop beobachtete Johnny mit nachsichtigem Lächeln.

Skinkie saß auf der Kante eines Pappkartons in der Nähe der Kerzen und ließ die Beine baumeln. Aus irgendeinem seltsamen Grund hielt Skinkie seine Fingerspitzen über die heißen Flammen der Kerzen und nahm sie jedesmal erst dann weg, wenn die Haut die Hitze zu spüren begann. Eine Zeitlang war es ruhig. Johnny starrte Baldy an, beeindruckt vom Kontrast des jungen Gesichts und des kahlen Kopfs.

»Hast du 'ne Tomate?« fragte Treetop.

»Was soll das denn sein?«

»'ne Freundin, 'n Weib, 'n Loch, 'ne Nutte«, erklärte Baldy sanft. »Eine Tomate ist was, das man drückt, und dann kriegt man Saft raus.«

»Nee. Ich habe kein Mädchen.«

»Wen kennst du außer Billy?« fragte Baldy.

»Niemand sonst ... nur die Jungs in meiner Klasse.«

»Ich finde, wir sollten heute abend gar nichts mehr unternehmen«, sagte Treetop zu Baldy.

»Das bestimme ich«, entgegnete Baldy feindselig an Treetop gewandt. »Hier bestimme noch immer ich. Und du kriegst jetzt was zu tun. Lauf zu Billy und prüf die Story von diesem Burschen nach, verstanden? Und das ein bißchen plötzlich. Wenn stimmt, was Billy sagt, dann arbeiten wir heute nacht. Dann lernen wir diesen Bastard an.«

»Okay. Du bist der Boß«, sagte Treetop eingeschüchtert, stand auf und verschwand.

Wieder war es still. Skinkie und Baldy nahmen Papiertüten aus ihren Taschen und legten sie nebeneinander auf die Pappkartons. Johnny wußte, daß das Essen gestohlen war, denn nichts war richtig eingepackt. Da lagen ein großes Stück gekochter Schinken, ein ganzer Laib Brot in Scheiben geschnitten und einige Flaschen Limonade. Baldy und Skinkie setzten sich an die Schulbänke und begannen zu essen.

»Hunger?« fragte Baldy und sah Johnny an.

»Yeah. Irgendwie schon«, murmelte Johnny und sehnte sich nach dem Geschmack von Fleisch im Mund. »Hört zu, ich habe hier noch ein paar Schokoriegel ...« Er griff in sein Hemd, um die Süßigkeiten herauszuholen; Baldy und Skinkie fuhren herum. Die beiden Jungen hechteten über den sandigen Boden und warfen sich auf Johnny, bevor dieser seine Hand aus dem Hemd ziehen konnte.

»Mach das bloß nicht, du Scheißkerl!« fuhr Baldy ihn an.

»Fallen lassen! Fallen lassen!« brüllte Skinkie.

Johnny wurde auf den staubigen Boden gedrückt, vor

Schreck war er ganz widerstandslos. Was vor sich ging, wußte er nicht.

»Was ist denn l-los?« Er rang nach Luft.

Schnaubend rissen Baldy und Skinkie Johnny den Mantel herunter, dann den Pullover und schließlich das Hemd. Die Schokoriegel wurden auf dem Boden verstreut.

»Ich glaub', ich spinne!« keuchte Baldy.

»Was bist du nur für ein armer, dummer Trottel?« Skinkie lächelte einfältig.

»Wo hast du das Zeug her, Penner?« fragte Baldy und sammelte die Riegel ein.

Jetzt begriff Johnny. Sie hatten geglaubt, er greife nach einer Waffe.

»Ich habe sie aus einem Schaufenster unten am Times Square.«

»So dumm bist du also doch nicht«, gestand Skinkie ein.

»Nun, Bursche, du hast ziemlich viel Glück«, sagte Baldy und legte die Schokoriegel auf den Pappkarton. »Hör zu, mach das nie wieder. Du bist wohl verrückt. Falsche Bewegungen dieser Art haben Pennern schon das Leben gekostet. Hättest du die Hand aus dem Hemd herausgezogen, bevor ich bei dir war, wär's um dich geschehen gewesen.« Baldy zog eine .32er aus seiner Hüfttasche und winkte damit. »Fast hätte ich sie benutzt. Aber ich wollte zuerst noch wissen, was du hast.« Mitleidig sah er auf Johnny und schüttelte

den Kopf. »Komm her und iß was, du verrückter Scheißkerl.«
Johnny seufzte, entspannte sich und setzte sich an den provisorischen Tisch. Nachdem sie ihn fast umgebracht hätten, schienen sie ihn nahezu zu akzeptieren. Dennoch wußte er, daß die endgültige Entscheidung davon abhing, was Treetop von Billy zu berichten hatte. Er kaute, starrte dabei trübsinnig in die flackernden Flammen der Kerzen. Baldy öffnete mit den Zähnen eine Flasche Limonade und trank gierig die Hälfte aus. Johnny wollte, daß sie ihn mochten, ihm vertrauten. Wieder musterte er Baldys glänzenden Schädel, der das Licht der Kerzen reflektierte wie Wasser das helle Mondlicht. Er hätte gern gelacht, und bevor er darüber nachdenken konnte, fragte er: »Wie alt bist du, Baldy?«
Baldy hörte zu kauen auf und starrte ihn an. »Was geht dich das an?«
Skinkie kicherte, unterbrach sich aber rasch. Spannung lag in der Luft. Skinkie hörte nun auch auf zu kauen und schaute von Baldy zu Johnny. Johnny lächelte und versuchte, Baldy sein Wohlwollen zu vermitteln.
»Ich habe mich nur eben gefragt, wie du all deine Haare losgeworden bist«, sagte Johnny. »Du siehst nicht so aus, als wärst du schon alt genug für einen Kahlschädel.«
Baldys Faust schoß vor, direkt zwischen Johnnys

Augen, der ging rückwärts zu Boden, wobei sein Kopf in den Staub knallte. Er sah nur noch Sternchen. Zu spät stellte er fest, daß er offenbar auf ein Tabu gestoßen war. Mit gefletschten Zähnen beugte sich Baldy über ihn.

»Steh auf!« befahl er. »Ich werde deinem Arsch eine Lektion erteilen!«

»Ich will keine Prügelei«, wandte Johnny ein. »Ich wollte nicht sagen ...«

Baldy beugte sich hinunter, packte Johnny und zog ihn auf die Füße.

»Entweder du stellst dich dem Kampf, oder ich bring' dich um!« brüllte er.

Johnny stieß Baldys Hand von seinem Hemdkragen. Er war so wütend, daß er an eine Gefahr überhaupt nicht dachte. Mit einer harten Rechten zielte Baldy auf Johnnys Wange, doch dieser duckte sich, er war auf der Hut. Baldy drängte vor, holte noch einmal mit seiner Rechten aus, aber Johnny wich wieder zur Seite. Nun wußte er, daß er gezwungen war, zu kämpfen, daß es nichts gab, was alles wiedergutmachen würde. Er sprang außer Reichweite, als Baldys Rechte wieder vorschnellte, blieb keine Sekunde lang unkonzentriert. Baldy setzte nach, und Johnny clinchte. Die Wucht des Schlags war so heftig, daß Johnny in die leeren Pappkartons zurückfiel und alle umstürzte. Schinken, Brot, Süßigkeiten und Limonade rutschten lärmend auf den Boden. Die Kerzen fielen um, erlo-

schen flackernd und tauchten den Raum augenblicklich in Dunkelheit.
»Mach die Kerzen an!« brüllte Baldy.
»Moment«, murmelte Skinkie.
»Sofort!« rief Baldy. »Ich werde diesen Scheißkerl umbringen!«
Nun war Johnny entschlossen, zu kämpfen. Er konnte kein Mitglied dieser Gang werden, wenn Baldy das Gefühl bekam, daß man mit ihm machen konnte, was man wollte. Ein Streichholz wurde entzündet, und Skinkie brannte eine Kerze nach der anderen wieder an. Johnny spürte Skinkies hysterische Neugierde, die Prügelei zu sehen.
Baldy, der seinen Kopf wie eine Schildkröte zwischen die Schultern eingezogen hatte, umkreiste ihn und setzte dann zu einem Mordsschlag auf Johnnys rechte Wange an. Johnny schüttelte den Kopf, seine wachsamen Augen warteten auf den Eröffnungsschlag, er lauerte in geduckter Stellung. Ja, er würde bis zum bitteren Ende kämpfen, wenn es notwendig war.
»Ich mach' dich fertig, du Bastard«, schwor Baldy. »Willst du stillstehen, bis ich dich kaltmache, oder willst du kämpfen?«
Johnny antwortete nicht.
»Du hast es so gewollt, du doofer Scheißkerl!«
Skinkie sah mit einem angespannten Lächeln zu, ohne sich damit auf eine Seite zu schlagen. Johnny merkte, daß der Boden jetzt rutschig war, Schinken-

stückchen lagen herum sowie Scherben der Limonadeflaschen. Feuchte Brotscheiben waren in den Kohlenstaub getreten worden. Johnny wußte plötzlich über Skinkies Haltung Bescheid. Skinkie wollte sehen, wie Baldy geschlagen wurde. Vielleicht war es mit Treetop das gleiche. Ja, das war seine Prüfung. Dann, wie ein Blitz, duckte sich Baldy und warf sich nach vorn, umklammerte Johnny an den Knien, warf ihn um. Verdammt! Er hätte auf so einen Trick gefaßt sein müssen. Bevor er wieder Atem schöpfen konnte, spürte er, wie sich Baldys Finger in seinen Hals gruben. Johnny stieß einen zornigen Schrei aus, hob seinen Körper mit aller Kraft und stieß Baldy von sich herunter. Beide rappelten sich auf. Schwer atmend fluchte Baldy, und Johnny hörte einen Laut des Erstaunens von Skinkie. Erneut holte Baldy aus, schwang seine Rechte gegen Johnnys Kiefer, brachte ihn zum Taumeln.

»Du Bastard!« brüllte Johnny.

Wie eine Maschine kam Baldy wieder auf ihn zu und landete seine Rechte in Johnnys Magen. Johnny stöhnte auf und biß die Zähne zusammen. Sie wirbelten im Raum herum, ihre Arme waren um den Hals des anderen geschlungen, sie keuchten und stöhnten vor Anstrengung. Baldy machte sich frei. Jetzt beugte sich Johnny flink hinunter und packte Baldy an den Knien. In einem letzten Akt physischer Stärke hob er den glatzköpfigen Körper hoch in die Luft und schleuderte ihn dann auf den Boden. Dort landete Baldys Körper mit einem dumpfen Aufschlag, prallte sogar noch ein wenig ab.

»Schau!« schrie Skinkie. »Allmächtiger Gott!«

Keuchend und fluchend begann Baldy zu heulen, sein Gesicht war schweißbedeckt, sein kahler Kopf voller Kohlenstaub und Asche. Baldy rappelte sich auf und ging in blanker Wut auf Johnny zu. Dieser holte mit seinem Fuß aus, zielte auf Baldys Kinn, jeder Muskel seines Beins angespannt. Sein Schuh traf Baldys Kiefer. Es klang wie ein Pistolenschuß, als Baldys Kopf zurückschnellte, als wäre er von einem Stahlseil zurückgezogen worden. Baldy sank zu Boden, schlaff, stöhnend, halb bewußtlos. Auf seinen Lippen sammelten sich sabbernder Schaum und Blut. Benommen erhob sich Baldy, beugte sich vor und schrie: »Ich bin der Anführer dieser Gang! Für diesen Tritt schlag' ich dir das Hirn aus dem Kopf!«

Rasch sah Baldy sich um, entdeckte eine rostige Messerklinge auf dem schmutzigen Boden. Er bückte sich und griff danach, richtete sich auf und stürzte sich auf Johnny. Dieser sprang zurück, suchte hinter den umgestürzten Pappkartons Schutz. Verzweifelt suchte er seinerseits nach einer Waffe. Aber was für eine? Dann fielen ihm blitzartig die Glasscherben der zerbrochenen Flasche ein, die am Boden verstreut lagen. Ja, da lag eine Flasche gleich neben seinem rechten Fuß. Er könnte mit ihr genausoviel Schaden anrichten wie

Baldy mit dem Messer. Hastig ergriff er den Flaschenhals und richtete die gezackten Ränder auf Baldys Gesicht, bereit, nun unter ausgeglichenen Bedingungen zu kämpfen.

»Verdammt, verdammt!« Skinkie pfiff vor Bewunderung durch die Zähne.

»Wenn du mich verletzt, verletze ich dich«, rief Johnny.

»Dann werden wir beide hier sterben.« Baldy nahm die Herausforderung an.

Doch Johnny bemerkte, daß Baldy plötzlich ein wenig zögerte, und wußte, daß dieser über seine Position als Bandenanführer nachdachte und ziemlich verzweifelt war. Im nächsten Augenblick stürmte Baldy auf ihn zu, aber Johnny schob rasch einen Pappkarton zwischen sie beide, worauf Baldy die Lippen schürzte und Johnny ins Gesicht spuckte.

»Los, komm und kämpfe«, forderte er.

Johnny wischte sich den Speichel aus den Augen. Er war zornig, aber er wußte, daß es besser war, cool zu bleiben. Es drängte ihn, sich auf diesen haßerfüllten, kahlköpfigen Jungen zu werfen und sein Gesicht zu zerfetzen, aber er fürchtete das erhobene, rostige Messer.

»Daß du mich getreten hast, das zahle ich dir zurück, und wenn ich dafür zur Hölle geh'«, fluchte Baldy.

»Und ich zahle dir heim, daß du mich angespuckt

hast, und wenn ich dafür sterben muß«, konterte Johnny.
Johnny wollte es endlich hinter sich bringen. Vorsichtig trat er hinter dem Karton hervor, nahm den Flaschenhals von der rechten in die linke Hand. Er wollte seine Rechte frei haben, um damit Baldys Angriff mit dem Messer abwehren zu können.
Baldys geschwollene und blutige Lippen grinsten. »Komm schon, komm schon«, lockte er Johnny.
»Au Backe!« murmelte Skinkie.
Johnny trat langsam vor, seine Rechte war bereit, vorzuschießen, um Baldys rechte Hand zu packen. Mit der scharfen Kante der Flasche in seiner Linken zielte er auf Baldys Gesicht, seine Augen, hoffte, daß eine Schnittwunde Blut fließen lassen und ihm die Sicht nehmen würde. Baldy wich zurück. Er spürte die Gefahr. Voller Spannung blieben sie beide stehen, ihr Atem ging tief und schwer. Baldy sprang noch einen Schritt zurück. »Du hast wohl Angst vor mir, stimmt's, Baldy?« höhnte Johnny.
Baldy knirschte mit den Zähnen. Zu gern würde er mit dem Messer vorpreschen, aber er fürchtete Johnnys Waffe. Da kam Johnny näher, und er mußte noch weiter zurückweichen, bis seine Schultern die Wand hinter ihm berührten.
»Weiter geht's nicht mehr, Baldy«, murmelte Skinkie.
»Er hat Angst«, sagte Johnny und zwang sich, zu lachen.

Das war zuviel für Baldy. Er stürmte vor, pfiff auf alle Vorsicht und holte schwungvoll mit seinem rechten Arm aus. Das Messer war auf Johnnys Brust gerichtet. Johnny ließ abrupt die Flasche fallen, erwartete kampfbereit seinen Gegner und bekam mit beiden Händen Baldys rechten Arm zu fassen. Triumphierend hielt er sich daran fest, denn nun war das Messer nicht mehr auf sein Herz gerichtet. Aber jetzt galt es, seine Kräfte an Baldys zu messen. Der drückte wieder sein Knie in Johnnys Magen. Bei dem Versuch, diesem Druck auszuweichen, verdrehte Johnny Baldys Arm wie einen Hühnchenschlegel nach hinten. Baldy schrie vor Schmerz auf und sank zu Boden, umklammerte mit seiner Rechten noch immer das Messer. Blitzschnell setzte sich Johnny auf ihn, beugte sich nach vorn und drückte sein Gesicht gegen Baldys rechten Arm, den Mund einsatzbereit geöffnet. Baldy kickte gegen Johnnys Schienbeine und versuchte noch, seinen Arm Johnnys Zähnen zu entziehen, als der schon zubiß. Baldy schrie entsetzt auf, seine Hand öffnete sich reflexartig und das Messer glitt auf den Boden. Mit einem Satz war Johnny auf den Füßen und stieß das Messer außer Reichweite. Auch Baldy sprang auf. Wieder standen sie sich gegenüber, einander ebenbürtig und unbewaffnet. Aber nicht lange, denn blitzartig hatte sich Baldy nach der zerbrochenen Limoflasche gebückt. Johnny drehte fast durch. Er stürmte auf den Gegner zu und rammte Baldys

Kopf gegen die Betonwand. Wenn Baldy ihn töten wollte, dann würde er ihn zuerst töten. Die Flasche fiel aus Baldys Hand, und der kahle Schädel hing schlaff nach vorn. Johnny trat einen Schritt zurück, hob die rechte Faust und zielte auf Baldys Kinn. Der taumelte über den staubigen Boden. Johnny folgte ihm, wartete, bis der blutige Kiefer wieder die richtige Stellung hatte, um ihn seitlich am Kopf zu treffen. Dabei jagte ein stechender Schmerz durch seinen Arm. Ungeachtet dessen stürzte sich Johnny rasend vor Wut auf Baldy, er mußte diese Bestie ein für allemal niedermachen.

»So, das reicht«, warnte Skinkie.

»Ich bring' ihn um!« schrie Johnny.

»Sachte, sachte«, brüllte Skinkie. »Genug! Du hast ja gewonnen!« Skinkie packte Johnny und hielt ihn fest.

»Mein Gott«, hauchte Skinkie. »Du kannst aber kämpfen.«

Mit geneigtem Kopf stand Johnny atemlos in der Ecke, sein Körper war so geschwächt, daß er das Gefühl hatte, gleich zusammenzubrechen. Sein Blick glitt haßerfüllt über Baldys hingestreckte Gestalt, blieb auf dem kahlen Schädel haften, der von Blut und Kohlenstaub überzogen war. War er tot? Er hoffte nicht. Er hatte diesen Kampf nicht gewollt. Er sah zu Skinkie hinüber, der erstaunt auf Baldy stierte, der erschöpft dalag. Skinkie könnte sich nun auf ihn werfen und ihn schlagen, aber er spürte, daß dessen

Bewunderung für ihn, Johnny, dies ausschloß. Und tatsächlich, als Skinkie ihm seinen Blick zuwandte, lag darin ehrfurchtsvoller Respekt.
Die Tür wurde aufgerissen, und Treetop stürmte herein. Er blieb stehen und sah auf Baldys regungslosen Körper, dann musterte er Skinkies und Johnnys Gesichter mit fragendem Blick.
»Was zum Teufel ist denn hier los?« fragte er.
»Dieser Typ hat Baldy niedergemacht«, berichtete Skinkie in einem Tonfall von Verwunderung.
»Ist er tot?« fragte Treetop flüsternd.
»Nein. Nur fertiggemacht, ganz cool«, antwortete Skinkie.
Plötzlich fuhr Johnny auf. Himmel, er mußte sich um Baldy kümmern. Er konnte den Jungen nicht hier liegen und sterben lassen, vielleicht ... Er beugte sich langsam über die regungslose Gestalt und berührte vorsichtig den anschwellenden Kiefer. Nein, er war nicht gebrochen, nur voller blauer Flecken und Blut. Die straffe schwarze Haut glänzte wie eine riesige Blase.
»Wie ist das denn passiert?« fragte Treetop ungläubig.
»Vergiß es«, antwortete Johnny. »Ihr Jungs holt mir jetzt ein paar Lappen und kaltes Wasser.« Er nahm wie selbstverständlich die Rolle des Anführers an, selbstbewußt, cool.
Skinkie und Treetop sahen einander verwundert an. Johnny erhob sich und wandte sich den beiden zu.

»Verdammt, macht, daß ihr fortkommt!« rief er. »Wir können diesen Idioten nicht so liegenlassen!« Er berührte Baldys Kopf. »Er kriegt Fieber ...«

Unterwürfig und gehorsam holten Skinkie und Treetop einen Krug Wasser und einen Stapel Lappen. Vorsichtig wischte Johnny Baldys Kinn und Gesicht ab. Seine Lider öffneten sich zitternd, und er stöhnte.

»Wie geht's?« fragte Johnny.

Baldy starrte Johnny teilnahmslos in die Augen, so als frage er sich, ob er träume. Er blinzelte und seufzte: »Verdammt, du hast mich geschlagen.«

»Bist du nun sauer auf mich?« fragte Johnny sanft.

»Ach, Quatsch!« Er strich mit der Zunge über seine lädierten Lippen. »Du hast mich halt geschlagen.«

»Ich wollte nicht mit dir kämpfen«, erklärte Johnny.

»Du bist ein verdammter Lügner«, widersprach Baldy mit verwirrtem Blick.

»Nein. Das ist die Wahrheit«, beharrte Johnny. »Ich habe zwar keine Angst vor dir, aber ich wollte nicht gegen dich antreten.«

»Dann bist du ein verrückter Idiot«, stellte Baldy matt fest.

»Warum?«

»Weil ich die ganze Zeit kämpfen würde, wenn ich so gut kämpfen könnte wie du.«

»Wozu?«

»Zum Teufel, einfach um andere Leute zu schlagen«, antwortete Baldy.

»Ich kämpfe nie. Nur wenn ich Angst habe. Und weil ich bisher nicht oft Angst hatte, habe ich auch nicht oft gekämpft«, erklärte Johnny und betupfte noch immer mit einem feuchten Lappen Baldys Kinn und Wangen. »Du aber mußt ja ziemlich viel Angst haben, wenn du dich so oft prügelst ...«
»Zum Teufel mit dir«, erwiderte Baldy, aber seine Stimme klang irgendwie resigniert.
Johnny stand auf, schob zwei Schulbänke zu einer Art primitivem Bett zusammen, half Baldy auf und legte ihn auf die Bänke.
»Okay, Bursche«, hauchte Baldy, sein Blick war noch immer verwundert. Dann platzte er heraus: »Verdammt, wenn ich dich so geschlagen hätte, hätte ich dich auch gleich umgebracht. Warum hast du mich nicht erledigt?«
»Warum sollte ich?« fragte Johnny verständnislos. »Ich will niemanden umbringen.«
»Okay, Junge«, murmelte Baldy, akzeptierte, was er nicht verstand.
Johnny spürte, daß Baldy kein Mitleid für ihn gelten lassen würde, weil er ein Leben lebte, das für ihn selbst genauso hart war wie für andere. Also zeigte Johnny kein Mitleid. Aber er konnte nicht nachvollziehen, wie ein Junge dazu gekommen war, so zu empfinden. Johnny sah Baldy fest in die Augen, aber der wich seinem Blick aus, und er wußte, daß er Baldy weit mehr als nur an einer empfindlichen Stelle

getroffen hatte. Baldy hatte nun Angst vor Johnny und davor, daß dieser mehr über das Leben und andere Dinge Bescheid wußte als er selbst. Baldy seufzte, und Johnny spürte, daß der Geschlagene mehr aufgab als seinen lädierten Körper voller blauer Flecken. Er gab die Rolle als Anführer der Gang auf.

»Okay«, sagte Baldy kleinlaut. »Ich habe jedenfalls versucht, dich umzubringen.«

»Du armer Scheißkerl«, murmelte Johnny mitleidig. Baldy lächelte, hob den Kopf, schob den nassen Lappen weg und brach plötzlich in lautes, schallendes Gelächter aus. Skinkie und Treetop lächelten zunächst, dann fielen sie erleichtert in Baldys Lachen ein. Es klang, als wären sie von einer Angst erlöst, die sie in den Bann geschlagen hatte. Johnny trat zurück und sah sie voller Abscheu an.

»Diesen Bastard hast du echt vermöbelt«, rief Skinkie, und seine Stimme hatte plötzlich einen ganz neuen Ton. »Himmel, diesem Bastard hast du's echt gegeben ... Er hat Baldy härter bearbeitet, als ich das bei irgend jemandem bisher gesehen habe.« Wieder brach er in ein hysterisches Lachen aus. »Gott, und der Tritt, den du ihm verpaßt hast! Baldy fiel nicht etwa um, er floß geradezu zu Boden, wie geschmolzene Butter ...«

»Er hat Baldy wirklich geschlagen?« fragte Treetop unterwürfig.

»Geschlagen? Er hat den Boden mit ihm aufgewischt«, erklärte Skinkie und erhob den Kampf fast gar zu einer Legende. »Ich habe deinen Fuß nicht mal gesehen, als du gegen seinen Kiefer getreten hast. Ich habe nur gesehen, wie dein Bein wieder runterkam. Baldy stand nur da, und der Boden kam ihm entgegen. Haha!« Er schüttelte staunend den Kopf, schwelgte in der Erinnerung an die Schläge und Tritte. »Hoffentlich tritt mich kein Scheißkerl jemals so. Sag mal, hast du mal Football gespielt?«

Johnny antwortete nicht. Er genoß seinen Triumph, fragte sich, was er damit anfangen könne.

»Du mußt Football gespielt haben«, sagte Skinkie und kümmerte sich gar nicht darum, daß Johnny nicht geantwortet hatte. »Himmel, du kannst jemanden umbringen mit deinen Tritten, ihn kaltmachen, wie es kälter nicht geht.«

Baldy lachte, und Johnny wußte, daß dieser jetzt über den Kampf nachdachte, als wäre er nicht das Opfer, sondern ein anderer daran beteiligt gewesen.

»Ich hatte keine Ahnung, was mich getroffen hat«, sagte Baldy und trug dazu bei, den Mythos seiner eigenen Niederlage zu errichten. »Nach diesem Tritt konnte ich kaum glauben, daß er von dir kam. Ich war völlig von den Socken.« Er schüttelte den Kopf. »Du bist ziemlich gut.« Er hielt inne und musterte

Johnny. »Na, wir werden sehen, ob du das ein zweites Mal schaffst. Du wirst jede Menge Chancen kriegen …«

»Was meinst du damit?« fragte Johnny voller Unbehagen.

»Das wirst du schon noch sehen«, antwortete Baldy geheimnisvoll.

»Du bist wie ein Schakal«, sagte Treetop.

»Er *ist* ein Schakal«, rief Skinkie begeistert.

»Schakal … Das ist ein guter Name«, bestätigte nun auch Baldy und lächelte verträumt.

»Man muß wie ein Schakal sein, wenn man am Leben bleiben will«, fügte Johnny hinzu, obwohl er nicht ganz verstand, was sie damit meinten.

»Okay, Schakal«, murmelte Treetop.

»So kämpft man«, sagte Baldy. »Ein Kampf mit Händen und Füßen und Zähnen! Wenn ich jemals wieder mit ihm kämpfe, dann werde ich dafür sorgen, daß er seine Schuhe auszieht … Haha!«

»Man sagt, daß die Japsen auch barfuß kämpfen«, warf Treetop ein.

»Wie geht's deinem Kiefer?« erkundigte sich Johnny bei Baldy.

»Tut ein bißchen weh«, gab Baldy unumwunden zu.

»Es wäre bestimmt besser, wenn du die Klappe halten würdest«, riet Johnny.

»Ach, das ist doch gar nichts«, sagte Baldy in einem

Ton, der Johnny vermittelte, daß er schon sehr oft verletzt worden war.

»Du hättest nicht mit dem Messer auf mich losgehen sollen.« Johnny suchte nach einem Weg, seinen Tritt in Baldys Gesicht wiedergutzumachen.

»Das macht der alte Baldy jedesmal«, entgegnete Treetop.

»Er bringt dich um, wenn du ihn wütend machst«, fügte Skinkie hinzu.

»Aber mit dir wird er wohl nicht mehr kämpfen«, versicherte Treetop Johnny.

»Nee, mit dir nicht mehr«, bestätigte Baldy.

»Diesen Scheißkerl hast du echt erobert!« rief Skinkie.

Baldy war gefallen, und nun war jedes Schimpfwort gerade gut genug für ihn. Er verdiente die Speichelleckerei nicht länger. Die Gang hatte einen neuen Anführer, und obwohl sie ihn noch nicht feierlich auf Schakal getauft hatten, warteten sie darauf, daß er die Führung übernahm, daß er ihnen Strategien der Selbstverteidigung beibrachte, sie lehrte, wie man seine Feinde ausspielte und wie man sich Nahrung und Unterkunft beschaffte. Treetop und Skinkie wandten sich nun offen Johnny zu.

»Schakal, du hast heute echt 'nen Volltreffer gelandet«, sagte Treetop.

»Er hat Nigger Baldy in die Tasche gesteckt«, bekräftigte Skinkie.

»Er hat gewonnen«, gab Baldy zu. »Und nachdem er schon gewonnen hatte, hat er mir noch eins mit dem Billardstock über den Kopf gezogen.«

Johnny hörte den dreien zu und brach dann in schallendes Gelächter aus. Baldy versuchte aufzustehen und fiel bewußtlos zurück.

»Das war's dann«, sagte Treetop.

»Er hat zuviel geredet. Er hätte sich ausruhen sollen«, fügte Johnny hinzu, legte seinen zusammengerollten Mantel unter Baldys schmierigen Kopf und fühlte nach seinem Puls.

»Der ist schon in Ordnung«, sagte Skinkie. »Der war schon viel schlimmer zugerichtet.«

Johnny stand da und untersuchte Baldys glänzenden Schädel, und seine Neugierde, die die Prügelei ausgelöst hatte, kehrte zurück.

»Sagt mal«, fing er an, »wie alt ist Baldy?«

»Er ist sechzehn, aber das glaubt ihm niemand«, antwortete Treetop.

Skinkies und Treetops Gelächter vermittelten Johnny, daß Baldy nun die Rechnung für all die Drohungen und Erniedrigungen bekam, mit denen er seinen Anhängern begegnet war.

»Es war sein kahler Kopf, der ihn so böse gemacht hat«, verriet Skinkie.

Zuckend öffnete Baldy die Lider, aber seine bisherigen Anhänger schenkten ihm keine Aufmerksamkeit mehr; sie redeten, als wäre er nicht länger existent.

Und so hörte er mit stiller Resignation, mit leidenden, glänzenden Augen zu.
»Aber wie kam er zu seinem Glatzkopf?« fragte Johnny.
»Na ja«, sagte Treetop gedehnt, aber belustigt. »Vor zwei Jahren hat er sich in der Schule eine schwere Pilzflechte eingefangen. Jeder in der Schule kriegt irgendwann mal Läuse oder eine Pilzflechte, aber Baldy hatte echt 'ne Überdosis. Und in seiner Klasse hatte es auch eine Menge weißer Jungs gehabt. Also hat der Lehrer sie zum Direktor geschickt. Der hat im städtischen Krankenhaus angerufen, wohin sie gleich bestellt wurden, mit 'nem Taxi und im großen Stil ...«
Johnny hörte sich das Gelächter von Baldy, Treetop und Skinkie an.
»Und was ist dann passiert?« fragte Johnny ungeduldig.
»Na ja, als diese Jungs ins Krankenhaus kamen«, erzählte Treetop weiter, »hat man sie unter Röntgenapparate geschoben, um die Pilzflechte abzutöten. Hübsche weiße Krankenschwestern hielten ihnen die Hände, damit sie keine Angst hatten ...«
Jetzt lachten alle vier.
»Baldy hatte den Kopf voller schöner Haare«, berichtete Treetop. »Er saß unter den Röntgenstrahlen, wie die weißen Jungs. Aber die Schwestern waren auch weiß, und natürlich kümmerten sie sich mehr um die weißen Jungs als um Baldy. Sie vergaßen ihn einfach.

Plötzlich spürte Baldy eine furchtbare Hitze im Kopf. Die Röntgenstrahlen *brieten* sein Hirn!«

Anhaltendes, träges Gelächter.

»Baldy schrie: ›Macht die Maschine aus! Mein Kopf kocht!‹ Eine hübsche weiße Schwester kam angerannt, warf einen Blick auf ihn und schnalzte mit der Zunge. ›O Doktor!‹ rief sie. ›Stellen Sie schnell die Maschine ab, *schnell!* Dieser Nigger hat zuviel abgekriegt ... Aus seinem Kopf kommt bereits Schmalz!‹«

Baldy amüsierte sich so sehr, daß er stöhnte. Treetop trommelte mit den Fäusten auf einen Pappkarton, und Skinkie tanzte stampfend vor Vergnügen in dem mit Kerzenlicht beleuchteten Raum herum.

»Und was geschah dann?« fragte Johnny ungeduldig.

»Das kannst du ja sehen«, erwiderte Treetop und zeigte auf Baldys glänzenden Schädel. »Diese Röntgenmaschine hat jedes Haar abgetötet, das er hatte.«

»Und was hat Baldy gemacht?«

»Was er gemacht hat?« wiederholte Treetop ironisch. »Er hat es seinen Leuten zu Hause erzählt, und die lachten so lange, bis sie weinten. Seine Mama sagte: ›Steht dir gut. Jetzt hast du wenigstens etwas, was nicht von mir kommt!‹«

»Und was hast du da gemacht, Baldy?« fragte Johnny an Baldy gewandt.

»Ich habe ihr ins Gesicht gespuckt«, erzählte Baldy, »und bin von zu Hause weggegangen.«

Johnny seufzte, als ihm seine eigene Flucht von zu Hause wieder einfiel.

»Die weißen Ärzte aber haben's mit der Angst bekommen«, fuhr Treetop fort. »Sie dachten, daß Baldy sie wegen seiner Haare anzeigen will; also unternahmen sie alles, damit sie wieder wuchsen. Aber diese Röntgenmaschine hatte zu gründlich gearbeitet. Bald kam Baldy aus dem Krankenhaus, und sein Kopf glänzte wie eine Speckschwarte, strahlte wie der Mond.« Treetop kicherte. »Er sah aus wie fünfzig. Die Leute auf der Straße haben ihn immer angehalten und gefragt: ›Opa, können Sie mir sagen, wo die Lenox Avenue ist?‹ Und wenn Baldy dann mit piepsender Stimme geantwortet hat, sind die Leute immer ganz erschrocken zurückgewichen.« Treetop äffte Baldys Stimme nach: »›Gleich dort drüben, zwei Blocks weiter ...‹ Die haben bestimmt geglaubt, sie hätten mit 'ner Tunte geredet!«

»Das war ein mieses Gefühl, was, Baldy?« fragte Johnny mitfühlend.

»Mies?« höhnte Treetop. »Mies ist gar kein Ausdruck dafür, wie er sich fühlte. Er wollte danach überhaupt nicht mehr in die Schule gehen. Wenn er das Klassenzimmer betrat, standen die Jungs und Mädchen auf und johlten. Jedesmal, wenn Baldy den Mund aufmachte, gab es einen Aufstand.«

»Das hätten sie nicht tun dürfen«, murmelte Johnny, und in seinen Augen lag ein gequälter Blick.

»Mann, ich konnte selbst nicht anders als lachen«, sagte Treetop. »Er hat mich windelweich geprügelt deshalb, aber ich lachte, bis mir die Tränen kamen.«

»Aber warum, Treetop?« fragte Johnny stirnrunzelnd.

»Es war einfach lustig«, erklärte Treetop. »Eines Tages stand Baldy auf und ging aus dem Klassenzimmer und kam nicht mehr zurück. Die Aufsichtskraft suchte nach ihm, aber Baldy trug immer seine Kappe.«

»War das der eigentliche Grund, warum du aus der Schule raus bist, Baldy?« erkundigte sich Johnny.

»Yeah«, gab Baldy zu. »Die Leute wollten, daß ich eine Perücke trug, aber unter der Perücke schwitzte ich immer so ...«

»Dann hat Billy diesen Raum hier entdeckt, und wir haben die Gang gegründet«, erzählte Skinkie und tätschelte Baldy liebevoll. »Aber, Baldy, ich hätte nie gedacht, daß ich dich einmal so niedergestreckt sehe. Haha!«

»Mir geht's gut«, schnauzte Baldy. »Ich kann dir jederzeit den Hintern versohlen.«

Sie lachten wieder, froh, daß Baldys Lebensgeister wieder erwachten.

»Wenn du es wagst, mich auch nur zu berühren, dann hetze ich dir Schakal auf den Hals«, drohte Skinkie.

Baldy gelang es, aufzusitzen. Sein Blick war klar. »Ich möchte mich nicht prügeln«, sagte er mit plötzlicher Bestimmtheit. »Ich verlasse die Gang.«
Skinkie und Treetop waren schockiert. Johnny dachte nach; wenn Baldy ging, würde die Gang auseinanderbrechen. Und wenn das geschah, wo würde er dann bleiben? Nein, er konnte Baldy nicht gehen lassen.
»Baldy, du kannst nicht aussteigen«, sagte Johnny.
»Na ja, der Schakal hat jetzt immerhin die Führung«, wandte Skinkie ein.
»Nein, du kannst wirklich nicht gehen«, pflichtete auch Treetop bei.
»Und warum nicht?« fragte Baldy.
»Aus dem gleichen Grund, aus dem auch ich nicht gehen kann«, sagte Johnny harsch. »Du könntest uns anschwärzen.«
»Und damit würde er sich selber anschwärzen«, gab Skinkie zu.
»Hast du ihn verstanden?« fragte Treetop Baldy.
»Du steckst genauso drin wie wir«, erinnerte Skinkie ihn.
»Schakal ist jetzt unser Anführer«, faßte Treetop zusammen.
Schweigen. Johnny zitterte. Er übernahm die Rolle des Anführers einer Gang und war dabei verängstigt und erleichtert zugleich. Erleichtert, weil er endlich die Schwelle zum Erwachsensein überschritten hatte

und ein Mann geworden war, und verängstigt, weil er sich nicht hart und brutal genug fühlte. Aber was konnte er tun? Aufzugeben, was er so unbeabsichtigt gewonnen hatte, hätte zur Folge, daß die Gang ihn hassen und schließlich töten würde. Nein, er mußte Mut vorgeben, den er nicht verspürte, und weitergehen, mehr um der anderen als um seiner selbst willen.

»In Ordnung. Jetzt räumen wir hier erst einmal auf«, befahl er.

Sie brachten alles wieder an Ort und Stelle. Die ganze Zeit über fragte sich Johnny, was Billy wohl Treetop erzählt hatte, aber er wollte ihn nicht fragen.

»Ich habe immer noch Hunger«, sagte Skinkie.

»Ich auch«, bestätigte Treetop.

»Verdammt noch eins, Baldy«, fluchte Skinkie. »Wenn du nicht gewesen wärst, hätten wir unser Abendbrot essen können.«

»Laß Baldy in Ruhe«, schimpfte Johnny.

»Okay, Schakal. Was machen wir jetzt?« fragte Skinkie.

»Was wolltet ihr denn tun, bevor ich da war?«

»Wir wollten zum Morningside Park gehen und jemanden überfallen und ein bißchen Kohle machen«, antwortete Baldy. »Wir müssen das jetzt auch machen, weil wir absolut pleite sind und Hunger haben.«

»So was habe ich noch nie gemacht«, entgegnete Johnny.

»Zum Teufel, das bedeutet doch gar nichts«, wandte Baldy ein. »Wir zeigen dir's.«
Stolz und Furcht kämpften in Johnny. Vor ihm standen seine von Ehrfurcht ergriffenen Anhänger, Jungs, die bereit waren, seine bloßen Worte als geltendes Recht in ihrem Leben zu akzeptieren.
»Hast du etwa Angst, Schakal?« fragte Treetop.
»Nee, kein bißchen«, log Johnny. »Ich weiß nur nicht, wie man das macht. Ihr müßt es mir beibringen.«
»Es ist ganz leicht«, sagte Baldy. »Wir verstecken uns hinter ein paar Büschen und warten, bis ein Weißer vorbeikommt – einer mit Geld, verstehst du? Dann geht Treetop auf den Mann zu und fragt: ›Haben Sie 'ne Zigarette für mich, Mister?‹ Wenn der Bastard dann nach seinen Zigaretten greift, schnappen wir ihn, drücken ihm eine Hand vor den Mund, einen Arm um seinen Hals, ein Knie in seinen Rücken, werfen ihn zu Boden und fesseln ihn. Wichtig ist nur, daß man schnell arbeitet. Du bist so schnell, wie ich sonst noch keinen gesehen habe.«
»In Ordnung«, stimmte Johnny zu. »Aber sag mir noch, was ich tun muß.«
Baldy stand auf und begann den geplanten Überfall zu demonstrieren und übergab damit Johnny die Anführerschaft.
»Treetop hat eine gute Stimme«, erklärte Baldy. »Er ist groß, und die Leute halten ihn für älter, als er ist. Er hält den Weißen an und bittet ihn um etwas. Ich

stürme aus dem Gebüsch hervor, wende am Nacken des Mannes einen Halbnelson an, drück' die Luft aus dem Bastard und hau' ihm mein Knie in den Rücken. Er geht weich wie Butter zu Boden. Währenddessen stürzt ihr drei euch auf den weißen Bastard wie 'ne Million Ameisen auf 'ne tote Fliege, verstehst du? Er kann nicht schreien. Ich aber flüster' ihm zu: ›Ein Piep, Freundchen, und mit dir ist es vorbei!‹ Du, Skinkie und Treetop, ihr durchsucht die Taschen. Alles ist in weniger als einer Minute über die Bühne. Je größer sie sind, desto schneller geht's. Diese kleinen Typen kriegt man nicht so gut zu fassen, und sie winden sich wie 'ne Schlange. Einer ist mir sogar mal entkommen ... Fertig?«

»Okay«, sagte Johnny. »Gehen wir.« Er war aufgeregt. Wenn er mitmachte, war er für immer von den Menschen abgeschnitten, die er kannte. Aber er mußte etwas essen.

»Das Wichtigste ist die Zeit«, erklärte Baldy. »Wenn der Bastard kein Geld bei sich hat, dann ziehen wir ihm die Hose aus und rennen los, verstanden?«

»Wie spät ist es?« erkundigte sich Johnny.

»Schon nach eins«, antwortete Skinkie nach einem Blick auf seine Uhr.

»Billy hat gesagt, du wärst erstklassig«, sagte Treetop zum Schluß noch zu Johnny.

Dieser seufzte.

»Alles in Ordnung, Schakal?« fragte Baldy.

»Fertig, Schakal?« fragte Skinkie.

»Wir stehen alle hinter dir«, versprach Treetop.

Johnny schluckte, und seine Fingernägel gruben sich in seine verschwitzten Hände.

»Also gut! Gehen wir«, gab Johnny das Signal zum Angriff und führte die Jungs den Weg hinaus auf die dunkle Straße. Es pfiff ein kalter Wind, und der Mond schien blaß.

V

Sie hatten die Köpfe tief zwischen die Schultern eingezogen, eine Haltung, mit der sie ihre Gesichter vor den Passanten verbergen konnten. Johnny beobachtete die Bewegungen seiner Kameraden und glich seine Gesten den ihren an, sehnte sich danach, seine Sache in der fremden, finsteren Welt, die er sich erst erobert hatte, gut zu machen. Dennoch erhob irgend etwas tief in ihm Einspruch dagegen, was er tat. Hätte es eine Möglichkeit gegeben, in sein altes Zuhause zurückzukehren, er hätte sie bestimmt in Anspruch genommen; weil er aber ein neues Zuhause zu wählen hatte, wollte er die Wahl sich selbst überlassen.

Er blieb Baldy auf den Fersen, bemerkte, daß Treetop und Skinkie zurückblieben. Er hörte Baldys angestrengtes Atmen und wußte, daß der Junge immer noch erregt war.

»Ganz ruhig, Baldy«, sagte er und legte seinen Arm um Baldys Schultern.

»Mir geht's gut«, murmelte Baldy.

»Wenn du Fieber hast, holst du dir eine Lungenentzündung«, warnte Johnny.

»Woher weißt du all so was?« fragte Baldy.

»Oh, das weiß doch jeder«, antwortete Johnny leichthin.

»Nee, das weiß nicht jeder«, entgegnete Baldy.

Sie kamen zu einer Straßenkreuzung, blieben im Schatten der Gebäude und wandten ihre Köpfe von den wenigen Passanten ab.

»Du bist jetzt in unserer Gang«, begann Baldy mit leiser, ernster Stimme. »Also müssen wir dir alles sagen.«

»Richtig«, sagte Johnny.

»Aber wenn du es weitersagst, kostet es dein Leben«, fuhr Baldy fort. »Weil das das Ende für uns bedeutet. Verstehst du, wir haben diese Sache bis ins kleinste durchdacht. Nachts nutzen wir den Raum im Schulkeller, aber tagsüber haben wir einen anderen Ort. Eines Tages werden wir unseren eigenen Treffpunkt haben. Du bist jetzt unser neuer Anführer, und du mußt dich darum kümmern.«

»Wo bleiben wir am Tag?« fragte Johnny.

»Drüben in der Hundertdreiunddreißigsten Straße.«

»In einem Raum?«

»Nee. Es ist eine Wohnung, wo wir einen Typen kennen. Er ist ein Hehler, verstehst du?«

»Ein Hehler?«

»Yeah. Verstehst du, der Typ, der das Zeug verkauft, das wir uns schnappen.« Baldy gluckste. »Die Wohnung gehört Gink. Gink ist unser Hehler, klar? Er bringt unser Zeug an den Mann und hilft uns, wenn wir in Schwierigkeiten sind.«

»O-oh«, murmelte Johnny.

»Es gibt nur ein Problem, das man sich bei diesem Spiel merken muß«, verriet Baldy. »Man muß sich verstecken, muß tagsüber von der Straße wegbleiben. Ich bin jeden Tag nur eine halbe Stunde auf der Straße. Die Leute dürfen dein Gesicht nicht kennen.«

»Ich verstehe«, sagte Johnny.

»Wir machen das jetzt seit einem Jahr, und bislang hat noch niemand auf uns gezeigt«, fuhr Baldy fort. »Wir sind sicher, solange wir die Klappe halten und keine Angeber sind. Es ist ein Job wie jeder andere auch. Machst du ihn gut, wirst du auch gut bezahlt. Aber wenn du zu schlampen anfängst, dann erwischt dich der Boß ...«

»Der Boß?« hakte Johnny nach. »Meinst du Gink?«

»Nee. Haha! Ich meine die Bullen.«

»Warum sagst du dann zu den Bullen Boß?« fragte

Johnny und hatte das Gefühl, als geriete seine ganze Weltordnung heftig durcheinander.
»Die Bullen sind tatsächlich unser Boß«, erklärte Baldy. »Gink verkauft das Zeug, das wir eintreiben, an einen jüdischen Kontaktmann und bezahlt die Bullen. Läufst du den Bullen aber über den Weg, bist du erledigt. So, jetzt ...« Baldys Stimme brach ab, und Johnny sah ihn an. Baldy stierte nach vorn in die Dunkelheit.
»Ein Bulle«, flüsterte er. »Man muß immer nach ihnen Ausschau halten.«
Johnny wartete, bis Baldy das Signal gab. Baldy drehte sich zu Treetop und Skinkie um.
»Verteilt euch«, flüsterte er entschlossen. »Wir treffen uns am Parkeingang.«
Die Jungen verschwanden wie Geister, lösten sich in der Schwärze der Nacht auf.
»Mir nach«, sagte Baldy und schoß wie ein Blitz nach rechts. Johnny rannte hinter Baldy her, bemerkte, daß Baldy sich bewegte, ohne ein Geräusch zu verursachen; also tat er es Baldy gleich und ging auf Zehenspitzen, um seine Schritte noch mehr zu dämpfen.
»Du mußt Tennisschuhe anziehen«, keuchte Baldy, während sie allmählich langsamer wurden. »Okay, jetzt können wir stehenbleiben.« Baldy triumphierte: »Haha! Der Bulle kannte uns.«
»Warum sind wir dann davongelaufen?« fragte Johnny.

»Weil er vielleicht denkt, er wird beobachtet, und dann schnappt er uns, wenn er uns sieht«, erklärte Baldy.

Sie kamen an Häusern vorbei, deren Fenster sich schwarz und ruhig abzeichneten. Hin und wieder kam ihnen ein Mann oder eine Frau entgegen, aber Baldy sah sie nicht an.

»Jetzt wird's so langsam Zeit, daß hier ein weißer Trottel auftaucht«, sagte Baldy. »Mann, diese Weißen denken bestimmt ganz komische Sachen von uns hier in Harlem. Die Weißen spionieren uns immer nach, suchen nach einem schwarzen Mädchen, vor allem die weißen Soldaten. Sie hassen uns, aber sie mögen unsere Frauen.« Baldys Stimme wurde bedrohlicher. »Eines Nachts kam ein gutaussehender weißer Junge zu mir. Er war ein bißchen betrunken und fragte: ›Glatzkopf, wo kann ich etwas schwarzes Fleisch herkriegen?‹ Er hatte mich noch nicht mal gesehen, als er ›Glatzkopf‹ zu mir sagte. Er muß gedacht haben, alle Farbigen sind plemplem. Ich wollte ihn auf der Stelle umlegen, aber ich wartete noch. ›Du möchtest ein Mädchen?‹ fragte ich ihn. ›Yeah, und Whiskey‹, antwortete er. Ich sagte: ›Yeah, ich weiß, wo du kriegen kannst, was du willst.‹ Ich führte den Bastard zu einer kleinen Veranda, öffnete eine Tür und sagte: ›Bleib hier und warte.‹ Er sagte: ›Okay‹ und grinste. Wie kommt es nur, daß uns die Weißen so trauen, wo sie doch verdammt noch mal genau wissen, was sie uns angetan haben? Wenn ich weiß wäre, würde ich so einem schwarzen Hurensohn nicht über den Weg trauen … Aber er stand da, wartete und dachte an ein heißes, schwarzes Mädchen. Ich zog mein Messer, drückte auf den Knopf. Mann, als ich ihm das Messer direkt in den Nabel stieß, sagte er: ›Urrrrhmp!‹ und glitt zu Boden.«

»Du hast ihn niedergestochen?«

»In der Zeitung habe ich gelesen, daß ich ihn umgebracht habe«, erwiderte Baldy emotionslos. »Ich bin nicht dort geblieben, um zu sehen, daß er stirbt. Ich hab' dem Typ hundertsechzig aus der Tasche genommen.«

Johnny fröstelte. Er ging weiter, eingehüllt in eine Art Alptraum. Der nächtliche Wind wehte ihm eisig ins Gesicht, aber als er sich über die Stirn fuhr, bemerkte er, daß sie schweißbedeckt war.

»Und was ist dann passiert?«

»Nichts. Sie haben ihn gefunden und ihm ein Staatsbegräbnis zuteil werden lassen, nehme ich an«, sagte Baldy.

»Ich mag niemanden umbringen«, sagte Johnny.

»O nein, Schakal, versteh mich nicht falsch«, protestierte Baldy hitzig und lächelte. »Ich geb' nicht damit an, jemanden umzubringen. Aber zum Teufel, irgendwann muß man jemanden eben umbringen. Irgendwer wird immer umgebracht. Es ist alles nur eine

Frage der Zeit. Wichtig dabei ist nur, dafür zu sorgen, daß es der andere ist.«
»Hast du viele Leute umgebracht?« fragte Johnny mit zusammengebissenen Zähnen.
»Na, jetzt hör mal, mach mich nicht schlimmer, als ich bin«, schimpfte Baldy mit tiefer, moralischer Inbrunst. »Wenn du bei dieser Gang bleibst, dann wirst du schon noch herausfinden, was von dir verlangt wird.«
Johnny wollte in den Schutz eines der dunklen, undeutlich sichtbaren Häuser fliehen, an die Tür klopfen und in die Wärme eines Heims aufgenommen werden, wo die Menschen lächelten und sich vertrauten und glaubten; er sehnte sich danach, vor irgendeiner alten Schwarzen in die Knie zu gehen und zu schluchzen: »Helfen Sie mir ... Ich kann das nicht aushalten!« Aber das war nicht möglich. Man würde die Polizei rufen und ihn verhaften. Er war ein Idiot, wenn er glaubte, er könnte wieder ein Zuhause finden. Es gab niemanden, zu dem er sich flüchten könnte. Er mußte bei Baldy und Treetop und Skinkie bleiben.
»Auf die Zehenspitzen«, flüsterte Baldy. »Halt die Augen offen. Wir sind gleich da.«
Da tauchten Treetop und Skinkie wieder auf, einer hinter dem anderen schlich nahe an den Häusern entlang. Die Straßen waren leer und ruhig, die Straßenlaternen brannten wie gelbe Fackeln. Der Mond

hing über dem Horizont, der von Häusern unterbrochen war. Der Asphalt bebte vom Gedonner einer U-Bahn.

»Ein Zug fährt ein«, sagte Baldy. »Gehen wir in den Park und lauern jemandem auf.«

Johnny folgte Baldy, der wie ein Luchs einen schmutzigen Weg entlanghuschte, und kauerte sich dann neben Baldy hinter einen Granitfels, der eine leicht abschüssige Rasenfläche begrenzte. Sie waren durch einen Busch geschützt, und von der Höhe des Felsens aus konnte Johnny den dunklen Parkweg sehen, der sich vor ihm erstreckte.

»Wir warten hier«, sagte Baldy.

»Bist du da, Schakal?« flüsterte Treetop.

»Zur Stelle«, bestätigte Johnny.

Baldy kletterte auf den Fels und legte sich flach auf den Bauch. Treetop nahm unerschrocken seine Stellung auf dem erdigen Weg ein und schritt auf und ab. Skinkie kniete hinter einem Busch. Über ihnen leuchteten der Mond und einige Sterne.

Angespannt klammerte er sich an jede Kleinigkeit, denn er wollte sich merken, wie alles ablief. Aber dennoch durchkreuzte eine schwache, widerhallende Erinnerung an zu Hause seinen überspannten Vorsatz. Von seiner Warteposition auf dem Felsen aus konnte er den Pulsschlag der Stadt wahrnehmen. Er war erschrocken und überrascht, Baldy plötzlich laut reden zu hören: »Weit und

breit kein Trottel in Sicht. Wir werden warten müssen.«
»Oh, irgend jemand wird schon kommen«, bestätigte Skinkie.
»Ich hoffe, er hat viel Kohle bei sich«, ergänzte Treetop.
»Woher wißt ihr eigentlich, daß ihr euch den Richtigen rauspickt?« fragte Johnny.
»Das ist ganz leicht«, erklärte Baldy. »Man weiß immer ... Letzte Woche haben wir einen Universitätsprofessor überfallen ...«
»Ein Mann, der in dieser Schule auf der Anhöhe unterrichtet?« fragte Johnny.
»Yeah, Mann«, sagte Baldy kichernd. »Wir haben danach in der Zeitung gelesen, daß er ein Genie in Mathematik war, daß er ausrechnen konnte, wie weit es zum Mond ist. Als ich den Scheißkerl am Boden hatte, schrie er: ›Tut mir nichts, Jungs! Ihr glaubt, ich sei gegen euer Volk, aber das stimmt nicht ... Ich liebe eure Rasse!‹« Baldy lachte schallend auf. »Dieser Bastard wußte genau, was uns so viele seiner Leute zugefügt hatten. Als ich ihn packte, schrie er gleich: ›Ich habe eure Ma nicht umgebracht!‹«
Im Mondlicht lachten die Jungs leise und warteten weiter.
»Ja. Weiß oder Schwarz, die sind doch alle gleich«, sinnierte Baldy.

»Aber ich überfalle lieber einen Weißen«, wandte Treetop ein.
»Yeah. Fühlt sich irgendwie besser an«, stimmte Skinkie zu.
»Schhhh!« signalisierte Treetop.
Schweigen. Johnny spitzte die Ohren. Jemand kam schnellen Schrittes heran. Würde Treetop diesen Jemand überfallen? Waren Bullen in der Nähe? Würde man sie schnappen? Johnny wartete, hörte, wie die Schritte näher kamen. Seine Fingerspitzen krallten sich am Fels fest. Er sah, wie sich Baldy oben auf dem Fels straffte. Das *Pack-pack-pack* der herannahenden Schritte wurde lauter und lauter und schien bereits vorbeizugehen. Hatte Treetop beschlossen, den Mann nicht anzugreifen? Was ging hier vor sich? *Pack-pack-pack* ... Die Schritte entfernten sich.
»Was ist los, Treetop?« fragte Baldy.
»Irgendein verdammter Lackaffe, uninteressant«, feixte Treetop. »Der Mantel geht bei Regen wahrscheinlich ein und erstickt ihn!«
Lautes Gelächter, das langsam erstarb.
»Schhhh!« warnte Treetop schon wieder.
Johnny sah einen weißen Mann ins Blickfeld kommen. *Pack-pack-pack* ... Er war groß, gut angezogen und trug einen Spazierstock. Sein Instinkt sagte ihm, daß dieser Mann ihr Opfer wäre. *Pack-pack-pack* ... Dann hörte er keine Schritte mehr. Treetops Stimme klang sanft und unschuldig: »Entschuldigen Sie, Mi-

ster … Aber wie komme ich zur Hundertfünfundzwanzigsten Straße? Ich bin fremd hier. Ich habe mich verlaufen.«
Johnny bewunderte noch Treetop, wie gut dieser seine Rolle spielte, als er die Stimme des weißen Mannes vernahm: »Oh. Haha … Einen Moment lang dachte ich, du seist einer dieser Banditen, mein Junge. Gut, zur Abwechslung mal einen anständigen schwarzen Jungen zu sehen. Nun, geh in dieser Richtung weiter, dann kommst du bald schon zur Morningside Avenue. Dort biegst du nach rechts ab. Hast du denn übrigens ein Zuhause hier?«
Plötzlich war das heftige Geräusch scharrender Füße zu hören, dann ein lautes Stöhnen. Johnny sah nach Baldy und Skinkie, aber die beiden waren längst losgelaufen. Alles ging viel zu schnell für ihn. Er sprang aus der Deckung hervor und war überrascht, den weißen Mann flach auf dem Rücken ausgestreckt daliegen zu sehen. Seinen Kopf hatte Baldy in den Schwitzkasten genommen. Bleich und hilflos war das Gesicht des Weißen dem Himmel zugewandt, sein Mund stand offen, die weißen Zähne leuchteten. Skinkie und Treetop durchwühlten die Taschen des Mannes, zogen Papiere heraus, ein Taschentuch … Kein Wort wurde gewechselt … Johnny trat näher. Treetop sprang auf, murmelte: »Ich hab's!«
»Zieht ihn aus, der ist zäh«, ordnete Baldy nervös an. Was dann folgte, geschah so schnell, daß Johnnys

Augen kaum folgen konnten; Treetop löste den Gürtel des Mannes, und Skinkie zerrte ihm die Hose herunter, um den Mann daran zu hindern, davonzulaufen und Alarm zu schlagen, und ihn, halb nackt, wie er war, einzuschüchtern.

»Nimm seine gottverdammten Schuhe!« befahl Baldy. Treetop zerrte dem Mann die Schuhe von den Füßen.

»Ich lasse jetzt ein wenig locker, Scheißkerl«, sagte Baldy. »Beweg dich bloß nicht!«

»Schon gut, schon gut ... Nehmt mein Geld, Jungs, aber tut mir nichts ...«

»Halt die Klappe!« fuhr Baldy ihn an und schwenkte ein Messer vor den Augen des Mannes. Dann pfiff er leise, raste davon, gefolgt von seinen Kumpanen. Ihre Füße glitten fast lautlos über den Rasen. Im Laufen blickte Johnny zurück, um nach dem weißen Mann zu sehen. Erschrocken stellte er fest, daß neben dem Mann eine Frau stand! *Was war das?* Dann hörte er einen Schrei: »HE, JUNGS!«

Hatte sie jemand gesehen? Das Bild von dem Mann und der Frau daneben blieb ihm im Gedächtnis haften: zwei Gestalten, die im Mondlicht deutlich zu sehen waren. Die Rufe der Frau klangen nun schärfer: »HE, JUNGS! HE, JUNGS!«

Ja, es war eine schwarze Frau ... Johnny mußte seinen Kameraden mitteilen, daß eine Frau ihren Überfall beobachtet hatte und ihnen nun hinterherrief. Baldy, Skinkie und Treetop waren ihm weit voraus.

Sollte er Baldys Namen rufen, um ihn aufzuhalten? Nein, die Jungs würden glauben, er hätte Angst. Noch immer hörte er in der Ferne die Rufe der Frau: »HE, JUNGS! HE, JUNGS!«

Und er war sich sicher, daß seine Kameraden die Rufe nicht gehört hatten. Sie näherten sich bereits einer Straße, als Baldy rief: »Stopp!«

Sie drängten sich keuchend zusammen. Johnny fragte sich noch immer, ob er ihnen von der Frau berichten sollte, davon, daß sie möglicherweise alle gesehen hatte. Nein. Aber die Frau schien ihnen nachgelaufen zu sein, kam vielleicht durch den Park hinter ihnen her.

»Steck die Schuhe und die Hose unter deinen Mantel«, befahl Baldy Treetop.

»In Ordnung«, erwiderte Treetop.

»Du hast die Brieftasche?« fragte Skinkie.

»Zum Teufel, ja«, antwortete Treetop.

»Wie war's?« erkundigte sich Baldy und grinste Johnny an.

Johnny zögerte einen Moment lang, dann sagte er: »Gut, tadellos, schnell.«

»Und? Kannst du das jetzt auch?« fragte Treetop.

»Klar. Da ist ja nichts dabei«, antwortete Johnny und schaute wie beiläufig zum Park hinüber; niemand war zu sehen. Hatte er sich die Frau nur eingebildet? Nein, er hatte sie gesehen, hatte sie gehört.

Plötzlich merkte er, daß er sich mit der Frau identifizierte und wollte, daß sie sie fand.
»Was ist los, Schakal?« erkundigte sich Baldy. »Siehst du jemanden?«
»Nee. Ich halt' nur die Augen offen«, murmelte Johnny.
»Du bist in Ordnung. Super.«
»Wohin jetzt?« fragte Johnny.
»Zu Gink«, antwortete Baldy und wandte sich ihm zu. »Angenommen, wir stoßen jetzt auf die Bullen, was tust du dann?«
»Wir teilen uns«, sagte Johnny langsam und hörte in Gedanken noch immer die schreiende Frau, sah sie noch immer vor sich.
»Und was würdest du dann tun?« hakte Baldy nach.
»Ich würde mich in einer Eingangshalle verstecken«, antwortete Johnny und brannte noch immer darauf, von seinen Wahrnehmungen zu erzählen.
»Das reicht nicht aus«, tadelte ihn Baldy freundlich. »Wenn du in die Eingangshalle kommst, geht's gleich weiter aufs Dach, verstehst du? Dann setzt du zum Nachbargebäude rüber, hin zur Feuerleiter, und über die kannst du wieder runterkommen.«
»Ich verstehe«, sagte Johnny und verbarg verschlossen und grimmig sein Wissen über die Frau in seinem Herzen.
Johnny und Baldy gingen voraus, und Treetop und Skinkie folgten ihnen im Abstand von etwa fünfund-

zwanzig Metern. So schlenderten sie acht Blocks weit zu Ginks Wohnung, wobei sich Johnny immer wieder umsah.

»Was hast du denn?« fragte Baldy irritiert.

»Nichts«, murmelte Johnny mürrisch.

»Treetop und Skinkie können schon auf sich selbst aufpassen«, sagte Baldy. »Nur keine Nervosität.«

Sie blieben vor einem hohen Sandsteingebäude stehen.

VI

Johnny marschierte hinter Baldy hinein; dann hastete er die Treppe hinauf und hörte auch Treetops und Skinkies Schritte. Aber vielmehr wünschte er sich, daß die Frau ihnen folgen würde. Warum nur hatte er dieses Bedürfnis? Verhielt er sich bereits jetzt schon unloyal? Nein, er wollte nicht geschnappt werden. Oder etwa doch? Baldy blieb auf einem brüchigen Treppenabsatz im fünften Stockwerk stehen und klopfte erst dreimal, dann einmal. Schritte waren zu hören, ein Metallriegel quietschte, eine Kette rasselte, dann wurde langsam die Tür geöffnet.

Ein großer, dürrer Schwarzer stand ihnen gegenüber; sein Hals sah aus wie ein trockener, schwarzer Stecken, aber sein Kopf war riesig, und seine Augen waren groß und wäßrig und quollen hervor. Johnny mochte ihn auf den ersten Blick nicht, und wieder tauchte das zwanghafte Bild von der schreienden

Frau vor seinem geistigen Auge auf. Aber wenn er jetzt von ihr berichtete, dann würden sie ihn mit Recht fragen, warum er nicht früher von ihr erzählt habe. Er sah in Ginks Gesicht und wünschte sich, daß die fremde Frau kam und ihn fand …

»Laß uns hinein«, sagte Baldy.

Gink hatte einen kleinen Mund, dessen Lippen die ganze Zeit über offenstanden. Fleckige, weit auseinanderstehende Zähne kamen zum Vorschein, die Johnny an eine still lauernde Ratte erinnerten.

»Kommt rein.« Gink sprach leise und hastig. »Im Treppenhaus ist es kalt.«

»Los, komm, Schakal«, forderte Baldy ihn mit einer Geste auf.

»Hey!« Gink breitete seine Arme aus. »Wer ist das?«

»Ich werde dir alles über ihn erzählen«, sagte Baldy. »Laß uns erst mal rein.«

Johnny hatte plötzlich den seltsamen Wunsch, daß Gink ihn nicht hineinließe, sondern zurück auf die kalte, dunkle Straße schickte, wo er die Frau finden könnte, die ihnen nachgerufen hatte.

»Okay«, murmelte Gink und musterte Johnny genau. »Du hast mir nichts davon gesagt, daß ihr einen Neuen habt.«

»Er ist in Ordnung«, erwiderte Baldy.

»Was macht er?«

»Er ist ein Streuner wie wir«, erklärte Baldy.

Ginks Augen lächelten, aber seine Lippen blieben starr.
»Du bist also aus einer Pflegefamilie abgehauen, was?« fragte Gink Johnny.
»Yeah«, sagte Johnny nur.
Skinkie und Treetop traten nun auch ein und standen herum, während Baldy und Gink sich über Johnny unterhielten.
»Er ist jetzt unser Anführer«, erklärte Baldy. »Er ist klasse.«
»Ein Killer, wenn ich je einen gesehen habe«, unterstrich Treetop Baldys Worte.
»Wir nennen ihn Schakal«, mischte sich Skinkie ein.
»Wo habt ihr ihn aufgetrieben?« fragte Gink.
»Billy hat ihn geschickt«, antwortete Baldy.
»Oh. In Ordnung«, sagte Gink, schloß und verriegelte dann die Tür. »Wie ist es heute nacht gelaufen?«
Treetop reichte ihm die Brieftasche, eine Uhr und eine Krawattennadel.
»Wir haben die Brieftasche nicht angerührt«, sagte Baldy, »wissen nicht, was drin ist.«
»Das werde ich euch gleich sagen«, versicherte Gink, ging zum Tisch und leerte das Behältnis.
Johnny sah sich unbehaglich um. Der Raum glich einem Kramladen – da gab es Stapel von Hemden, Fotoapparate, Radios, Schreibmaschinen ... Gink sah Johnnys große Augen und gluckste.

»Hast wohl noch nie so viel Zeug gesehen, was?« erkundigte er sich.
»Nee«, sagte Johnny, der in Gedanken bei der Frau war.
»Gute Beute heute nacht«, stellte Gink fest und hielt einen Packen grüner Scheine in die Luft. Dann begutachtete er die Uhr und die Krawattennadel. »Ich geb' jedem runde fünfzig Dollar. In Ordnung?«
»Okay«, erwiderte Baldy. »Beim nächsten Mal verhandelst du mit Schakal, klar?«
»Sind fünfzig Dollar für heute abend in Ordnung, Schakal?« fragte Gink.
»Okay«, sagte Johnny.
Gink zählte die Scheine in jede der ausgestreckten Hände.
»Na, Schakal, wie geht's?« fragte Gink, als er ein Bündel Scheine in Johnnys Hand legte.
»Gut. Du hast 'ne nette Wohnung hier«, murmelte Johnny.
»Hört sich an wie 'n Lehrer«, sagte Gink, und alle lachten. »Hört zu, so 'ne große Beute bringt vielleicht die Bullen auf den Plan. Ihr taucht heute nacht besser unter.«
»Richtig«, bestätigte Baldy.
»Ihr könnt im hinteren Zimmer pennen, wenn ihr müde seid«, schlug Gink vor.
»Ich bin total fertig«, sagte Baldy.
Gink führte sie durch einen Flur, in dem sich Hehler-

ware stapelte, und zeigte dann auf eine Reihe von Feldbetten in einem hinteren Zimmer.
»Hat jemand Hunger?« fragte Gink.
»Ich verhungere gleich«, verkündete Treetop lautstark.
»Was hast du denn zu essen, Gink?« erkundigte sich Skinkie.
»Salami, Bier und Brot«, antwortete Gink. »Nehmt euch alles aus dem Kühlschrank.«
Baldy breitete das Essen auf einer Zeitung auf dem Boden aus, und alle außer Johnny hockten sich drumherum.
»Warum ißt du nicht, Schakal?« fragte Baldy.
»Keinen Hunger«, antwortete Johnny und hatte das Gefühl, als seien seine Bauchmuskeln viel zu angespannt, um auch nur einen Bissen runterzukriegen.
»Du hast dich gut geschlagen. Nur keine Nervosität«, ermutigte Skinkie.
»Ich bin nicht nervös«, erwiderte Johnny.
Johnny brütete vor sich hin, während die anderen aßen und schwatzten. Gink schlich herum, beobachtete Johnny.
»Warum legst du dich nicht schlafen?« forderte Gink ihn auf.
»Danke, ich glaube, das werde ich tun«, sagte Johnny und streckte sich auf einem Feldbett aus.
Später wurde das Licht ausgeschaltet, und sie legten sich nieder. Einer nach dem anderen schlief ein, nur

Johnny blieb wach, starrte in die Dunkelheit. Bald schon hörte er die Kameraden schnarchen, und er fühlte sich besser. Er konnte an die schreiende Frau denken, ohne sich schuldig zu fühlen. Oh, wenn sie ihn nur finden könnte! Ein- oder zweimal, als er gerade einschlafen wollte, hörte Johnny Ginks leise Schritte, die durch den Raum tappten. Wo war er? Wie war er hierhergekommen? Aber es war dumm, solche Fragen zu stellen; er hatte seine Entscheidung gefällt, die einzige, die ihm möglich war. Er seufzte, drehte sich auf den Rücken und sah zur dunklen Decke hinauf. Müdigkeit schwächte seine Knochen. Er spürte, wie sich seine Lider senkten. Aber aus Gründen, die er nicht kannte, zwang er sich, wach zu bleiben. Schließlich holte ihn der Schlaf ein, und er träumte. Er sah die schreiende Frau, die ihnen nachgelaufen war, und hörte: »HE, JUNGS! HE, JUNGS!«

Plötzlich hatte die Frau ihn gefunden, und dennoch wußte er im Traum ganz genau, daß sie nie kommen würde, daß er allein wäre, daß ihn keine solche Stimme nach Hause rufen, ihn liebevoll tadeln und strafen würde, daß niemand seine kühle weiche Hand auf Johnnys Stirn legen würde, wenn er vor lauter Zweifel und Unschlüssigkeit fieberte. Er wußte, daß er allein war und allein weitergehen und sich sein Leben einrichten mußte, indem er versuchte, die Splitter seines zertrümmerten einsamen Herzens wieder zusammenzusetzen.

NACHWORT

Obwohl *Jenseits der Kindheit* erst über dreißig Jahre nach Richard Wrights Tod veröffentlicht wurde, handelt es sich dabei doch unverkennbar um eine Geschichte, die dem Kern seines Bewußtseins und seiner Kreativität entspringt. All jenen, die auch nur mit einem Teil seines erzählerischen Schaffens vertraut sind – mit seinen Romanen, Novellen und Kurzgeschichten –, wird es nicht schwerfallen, sofort zu erkennen, daß diese Geschichte von Richard Wright und ganz gewiß von keinem anderen geschrieben wurde. Auf diesen Seiten lassen sich viele seiner Charaktere, Themen, Situationen, Metaphern und Bilder wiederfinden, die Wright von anderen bedeutenden Schriftstellern unterscheiden. Das soll jedoch nicht heißen, daß *Jenseits der Kindheit* vorherzusagen sei. Ganz und gar nicht. Wright greift Rohmaterial auf und bearbeitet es auf eine Weise, daß wir einen weiteren, anderen Einblick in seine bemerkenswerte Sensibilität und in sein Gemüt haben.

Die Veröffentlichung von *Jenseits der Kindheit* kommt nun im richtigen Augenblick, denn Wright war seiner Zeit in vielerlei Hinsicht weit voraus, vor allem aber in der Ausleuchtung von Beziehungen vor dem Hintergrund von Rassismus, jugendlicher Kriminalität, gewalttätiger Verbrechen und schwarzer städtischer Ghettos in Amerika. Während der vergangenen zehn Jahre hat Manhattan, Schauplatz in *Jenseits der Kindheit*, zumindest zwei stark beachtete Tragödien erlebt, die Wright – wie in mehreren seiner Werke zu sehen ist – in *Jenseits der Kindheit* eingeschlossen, möglicherweise vorausgeahnt und sich vorgestellt hatte. Die erste war die Erschießung eines schwarzen Jugendlichen, eines Bewohners von Harlem, der eine der exklusivsten Privatschulen Amerikas besuchte. Täter war ein weißer Polizist in Zivil, der den Jugendlichen und dessen Bruder verdächtigt hatte, ihn überfallen zu wollen – und zwar auf dem gleichen Areal, Morningside Parks, auf dem Wright den Überfall stattfinden läßt, der die Handlung in *Jenseits der Kindheit* zu einem Höhepunkt führt. Die zweite Tragödie war das traurigerweise berühmt gewordene »Central Park zu trauriger Berühmtheit gelangte eine Gruppe schwarzer junger Erwachsener und Teenager eine junge weiße Frau angriff und zusammenschlug, die am Abend allein durch den Park lief. Viele Menschen waren durch diese beiden Vorfälle schockiert, aber Wright war offensichtlich bereits vor fünfzig Jahren, als er mit der Arbeit an dieser Novelle begann, in der Lage, Ereignisse ähnlicher Tragik und Unmenschlichkeit kommen zu sehen, und zwar aufgrund sozialer Bedingungen, die ein nicht dagewesenes Ausmaß an Entfremdung und Wut bei den Jugendlichen hervorriefen.

Der fünfzehnjährige Johnny Gibbs läßt sich ganz leicht in die Reihe der Protagonisten in Wrights Werk einordnen. Er nimmt seinen Platz im breiten, dennoch ziemlich konstanten Spektrum ein, das auf der einen Seite von Bigger Thomas, dem verzweifelten Helden in *Native Son* (1940), vertreten wird und auf der anderen Seite von Cross Damon in *The Outsider* (1953), dem intellektuellsten und gebildetsten aller Wrightschen Helden. (Allerdings sollte man darauf hinweisen, daß Cross trotz seiner Intelligenz auf seine eigene Weise abdriftet und zumindest ebenso todbringend handelt wie Bigger Thomas.) Seines jungen Alters wegen ähnelt Johnny leicht Charakteren wie Big Boy aus der bemerkenswerten Geschichte »Big Boy Leaves Home«, die in *Uncle Tom's Children* (1938) veröffentlicht wurde; oder dem Helden aus »Almos' a Man« in Wrights *Eight Men* (1961), einem Jungen, der aus Versehen ein Maultier erschießt. Dennoch ist Johnny, der ausgezeichnete Schüler in einer städtischen Umgebung im Norden, wahrscheinlich Cross Damon in *The Outsider* am ähnlichsten, wenn wir uns Cross in diesem frühen Stadium seines Lebens vorstellen. Ist Johnny tatsächlich eine Vorausschau auf Cross, dann dürfte sein Schicksal ziemlich vielschichtig sein. Cross' Intelligenz und Bildung erweckten in ihm das Gefühl, gottähnlich zu sein, die Macht Gottes zu haben, Leben zu schaffen und es auch wieder zu nehmen.

Übereinstimmend mit einigen der Wrightschen schwarzen Helden wird Johnny aus seiner Unschuld herausgerissen und der nüchternen Erkenntnis der Welt als feindseligem Ort gegenübergestellt. »Big Boy Leaves Home« ist vielleicht Wrights dramatischste und denkwürdigste Darstellung dessen, wie ein schwarzer Junge plötzlich seine Unschuld verliert. Hier wird dem Helden und seinen jungen Freunden die Arglosigkeit genommen, als sie unabsichtlich das zentrale Tabu des weißen Südens überschreiten, jenes Tabu, das auch nur den Gedanken an eine persönliche Beziehung oder deren Anschein zwischen einem schwarzen Mann (oder einem großen Jungen) und einer weißen Frau verbietet. In *Jenseits der Kindheit* stößt Johnny nicht auf ein Rassentabu. Vielmehr wird sein Leben durch eine bürokratische Maßnahme des Staats verändert, die die Wohlfahrt und Sozialhilfe betrifft – allerdings muß die Art und Weise, in der die Beamten (zu denen auch Schwarze gehören können) junge Schwarze behandeln, etwas mit Rasse und Rassismus zu tun haben. Die Macht und Gleichgültigkeit der weißen Welt werden zwar in der Politik und in den Maßnahmen der Stadtverwaltung angedeutet, die darauf besteht, daß Johnny ein neues Zuhause bekommen soll, obwohl klar ist, daß die Stadtverwaltung generell nur sehr begrenzten Respekt für Schwarze und Arme empfindet. »Und jetzt, mein Sohn«, wird ihm von seiner Pflegemutter mitgeteilt, »sind die Leute von der Stadt gekommen und haben mir gesagt, daß du weggehen mußt. Sie haben nicht gesagt, warum. Du hast nichts falsch gemacht; niemand ist böse auf dich. Es scheint so, daß sie ein Kind in ein anderes Zuhause geben, wenn es eine bestimmte Anzahl von Jahren bei einer Pflegefamilie war. Ich habe gebettelt, ich habe sie angefleht, aber sie haben gesagt, so lautet das Gesetz.«

Wie eigentlich im kompletten Werk Wrights spielen Rasse und Rassismus auch in *Jenseits der Kindheit* eine wichtige Rolle. Die Macht der Weißen, die das Leben der Schwarzen beeinträchtigt, ist deutlich sichtbar und stets gegenwärtig. Wright greift einzelne Beispiele von Rassismus oder von Gleichgültigkeit der Weißen gegenüber den Schwarzen auf, wie etwa die Nachlässigkeit, die sowohl dazu führt, daß das Bandenmitglied Baldy sein Haar verliert und diesen Spitznamen (bald=kahl) annimmt, als auch zu seiner

Bitterkeit und Feindseligkeit. Die Obrigkeit ist in aller Regel weiß und kennt das Leben der Jugendlichen in Harlem nicht. Johnnys Lehrerin, eine Weiße, wird als verantwortungsbewußt und fürsorglich beschrieben, aber Johnny glaubt, daß er sich außerhalb der Schule nicht an sie wenden kann. Die Polizei, vermutlich zum größten Teil weiß, erledigt ihre Arbeit, wird aber als korrupt dargestellt; wird sie geschmiert, ist sie bereit, das Überschreiten von Tabus zu bestrafen und gleichzeitig von der Straßenkriminalität zu profitieren.

Die Rassenthematik wird wahrscheinlich am eindrucksvollsten auf ganz subtile Weise dargestellt: Die schwarze Welt von Johnny und seiner Familie scheint machtlos und unbeholfen zu sein. Hier gibt es keine stützenden, umfassenden Einrichtungen, die die positiven Kräfte einer Zivilisation vermitteln könnten. Was Wrights Werk betrifft, so leben Schwarze in ihrer *culture* (wie Weiße und Schwarze dies im Süden gleichermaßen tun); Zivilisation und deren glorreiche Vorzüge sind außer Reichweite für sie. Wrights Auffassung nach ist Zivilisation keine natürliche Größe (wie das bei *culture* der Fall ist), sie muß vielmehr über Generationen und Jahrhunderte hinweg durch Traditionen des Lernens und Lehrens gepflegt werden, Traditionen, die nur unter freien Menschen möglich sind, die einander respektieren. Er betont hier weniger die menschenunwürdigen Auswirkungen der

Sklaverei und der Jim-Crow-Gesetze, worauf er in seiner Autobiographie *Black Boy* (1945) eingeht, aber ein Hauch der afroamerikanischen *culture* in Harlem ist dennoch fast greifbar als eine brüchige, anrüchige, unterprivilegierte Kultur am Rande der Gesellschaft. Brüchigkeit und Randposition zeigen sich sehr deutlich darin, daß junge Schwarze wie Johnny oder Baldy schnell und brutal der Kriminalität, der Gewalt und der Verzweiflung verfallen, wenn sie innerhalb ihrer Kultur und in ihrer Welt keine Funktion haben. Für diese Menschen gibt es kein soziales Netz.

Furcht und Haß, die Schwarze den Weißen gegenüber empfinden, sind die ominöse Folge. Für viele Leser waren diese Furcht und dieser Haß, insbesondere der Haß, die geschichtlich bedeutsame Offenbarung in *Native Son*. Das Opfer des Überfalls, von der Gang ganz beliebig ausgewählt, ist weiß, wie die meisten Opfer der Gang. Weiße werden zweifellos gewählt, weil sie aller Wahrscheinlichkeit nach mehr Geld haben als Schwarze, aber das Element der Rache spielt ebenfalls mit hinein. Baldy schwelgt fast darin, zu erzählen, wie er einen weißen Mann umgebracht hat, und instinktiv geht er davon aus, daß auch künftige Opfer weiß sind. Skinkie und Treetop ziehen es ebenfalls vor, Weiße zu überfallen. »Yeah«, sagt Skinkie. »Das fühlt sich irgendwie besser an.«

Jenseits der Kindheit spiegelt zudem viele von Wrights Vorstellungen wider, die eine übergreifende

Dynamik antisozialen Verhaltens betreffen, besonders das Verhalten innerhalb einer afroamerikanischen Gemeinschaft. Eine dieser Vorstellungen ist die von der Vormachtstellung der Angst in der Kultur im allgemeinen – als Antwort auf Rassismus und Rassentrennung –, aber ebenso im Kontext von kriminellem Verhalten. Ein Beispiel für ersteres ist die furchtsame Reaktion der Erwachsenen den Beamten der Stadt gegenüber. Beispiele für letzteres können in Hülle und Fülle bei Baldy und seiner Gang beobachtet werden, einschließlich der beiden Jungen Treetop und Skinkie, die von Baldy und dem Leben als »Leibeigene der Angst« eingeschüchtert sind. Nachdem Baldy von Johnny besiegt worden ist, werden sie aus dieser »Leibeigenschaft« befreit, tauchen aber in eine andere ein, dieses Mal in Johnnys. Eine Erklärung für Johnnys Überlegenheit als Mensch ist seine bedingte Furchtlosigkeit im allgemeinen sowie seine intelligente Erkenntnis dessen, was Angst mit Gewalt zu tun hat. »Ich kämpfe nie. Nur wenn ich Angst habe«, gibt er zu. Und er teilt dem boshaften Baldy mit: »Du aber mußt ja ziemlich viel Angst haben, wenn du dich so oft prügelst.«

Ein anderer Faktor ist die Macht seiner Entfremdung. Wright baut diesen Aspekt sorgfältig in die Geschichte ein, als Johnny zum ersten Mal von dem Gedanken an seine Entfremdung übermannt wird. »Das Gefühl der Entfremdung, das sich breitgemacht hatte«, erklärt der Erzähler, »als seine Mutter und seine Schwester ihm eröffnet hatten, daß er zu neuen Eltern gebracht würde, umhüllte ihn wie eine schwarze Mönchskutte. Es war ein Gefühl, das er sein ganzes Leben lang haben würde, ein Gefühl, aus dem heraus er handeln und leben würde, ein Gefühl, das so lange bei ihm bleiben würde, bis er schließlich vergessen hätte, daß es in ihm existierte.« Eine so dramatische Veränderung so spät, im Alter von fünfzehn zu erleben ist für die menschliche Psyche wahrscheinlich ziemlich schwierig. Dagegen ist es mit Sicherheit möglich, in einem jungen Menschen das Gefühl der Entfremdung auszulösen, das ihm sein ganzes Leben lang bleibt. In gewisser Hinsicht zumindest kann dieser Moment in Johnnys Leben als Zeichen für Wrights Interesse an Menschen gewertet werden, die im Grunde entfremdet geboren worden sind, eine Situation, mit der er sich persönlich zu identifizieren schien. Deutlich gemacht wird, daß Johnny sich selbst am Schluß durch sein Verständnis von Einsamkeit definiert. »Er wußte, daß er allein war und allein weitergehen und sich sein Leben einrichten mußte, indem er versuchte, die Splitter seines zertrümmerten einsamen Herzens wieder zusammenzusetzen.«

In *Jenseits der Kindheit*, wie fast im kompletten Werk Wrights, erfahren die jungen schwarzen Männer wenig oder keine Hilfe oder Anleitung, geschweige denn

Liebe und Aufmerksamkeit, von den älteren schwarzen Männern. Als Johnny die Wahrheit über seine Vergangenheit erfährt, findet er heraus, daß seine leibliche Mutter nicht weiß, wer sein Vater ist. Mr. Gibbs, sein Pflegevater, ist in der Geschichte nicht präsent (er ist in der Arbeit) und scheint nach fünfzehn Jahren des Zusammenlebens keinen erzieherischen Einfluß auf Johnny zu haben. »Ich habe einen Vater«, protestiert Johnny, als man ihm mitteilt, daß er weggehen muß und ein neues Zuhause erhalten soll. »Pa ist mein Vater.« Aber Mr. Gibbs' Autorität und Einfluß scheinen auf ein Minimum reduziert zu sein und können Johnny nicht am Weglaufen hindern.

Statt dessen dominieren die Frauen in Johnnys Leben – seine Lehrerin, seine Pflegemutter, Big Sis sowie die unwirkliche, schreiende Frau am Ende der Geschichte. Auch das ist ein typischer Aspekt im Werk Wrights. Die Grausamkeit mancher Mütter ihren Kindern gegenüber wird von Baldys Mutter verkörpert, die sich lustig über ihn macht, als er sein Haar verliert. »Steht dir gut«, teilt sie ihm mit. »Jetzt hast du wenigstens etwas, was nicht von mir kommt!« Baldys Antwort ist genauso boshaft. »Ich habe ihr ins Gesicht gespuckt«, erzählt er Johnny, »und bin von zu Hause weggegangen.« Normalerweise sind die Frauen bei Wright nicht so aggressiv. In *Jenseits der Kindheit*, wie in anderen Werken auch, wird die Pflegemutter der Hauptperson Johnny durch Hilflosigkeit definiert, die den Jungen sehr in Mitleidenschaft zieht und seine Liebe zu ihr unterläuft. Auch Johnnys leibliche Mutter ist Opfer. Sie wurde in einer Nacht schwanger, in der sie zuviel getrunken hatte. Nachdem sie von seinem Vater verlassen worden war, verfiel sie dem Wahnsinn und kam in eine Anstalt. Mit großer Sicherheit war Wright in dieser Schilderung von seinem eigenen Verhältnis zu seiner Mutter beeinflußt. Daß sie von ihrem eigenen Ehemann verlassen wurde (Richards Vater) sowie ihre chronische Krankheit, die mit einer partiellen Lähmung einherging, hinterließ bei ihm in seiner Jugend und darüber hinaus den Eindruck, sie sei passiv, leidend und depressiv und ein Handicap für ihn in seinem Bestreben, ein Mann zu werden und etwas aus sich zu machen – mehr als man im Süden für ihn vorsah. (Wright liebte jedoch seine Mutter und verließ sie nie, unterstützte sie vielmehr für den Rest ihres Lebens.) Dennoch ist sowohl für Johnny als auch für den Leser die vielleicht denkwürdigste Frau der Geschichte von einer ganz anderen Art. Sie ist die namenlose Frau, aller Wahrscheinlichkeit nach eine Fiktion, die in Johnnys Gewissen und Vorstellung entstand. Sie versucht, die Bandenmitglieder mit der Schande zu konfrontieren, die darin liegt, einen unschuldigen Mann zu überfallen. Sie steht für mehr als moralische Entrüstung. Sie steht für Liebe, Anstand oder die Behag-

lichkeit eines Zuhauses – und, was Johnnys Sehnsüchte angeht, für all diese Aspekte. Selbst noch vor dem Überfall, als er die schreckliche Tat vor sich sieht, in die er hineingezogen wird, denkt Johnny an eine Frau und an die Tugenden, die sie verkörpert: »Er sehnte sich danach, vor irgendeiner alten Schwarzen in die Knie zu gehen und zu schluchzen: ›Helfen Sie mir ... Ich kann das nicht aushalten!‹« Als er sich auf der Flucht nach dem Verbrechen umsieht, entdeckt Johnny eine Frau, die neben dem Mann steht und ihnen nur zwei Worte nachschreit: »HE, JUNGS! HE, JUNGS!« Johnny reagiert sofort und intuitiv auf die Bedeutung der Frau und stellt sich vor, sie liefe hinter ihnen her, verfolge sie. Johnny hat sie als »undeutlich sichtbar« in Erinnerung und verbirgt sein Wissen über die Frau »verschlossen und grimmig (...) in seinem Herzen«. Selbst als seine Schuldgefühle nach dem Überfall nachlassen, hört er sie noch. Oh, sehnt sich Johnny, wenn sie ihn nur finden könnte!
In *Jenseits der Kindheit* steht, eher untypisch für Wrights Werk, eine schwarze Frau für die edelsten humanen Eigenschaften, für jene Eigenschaften, die Leiden und Verzweiflung auf der einen Seite und Glück und Hoffnung auf der anderen unterscheiden. Sie steht für ein »Zuhause«. Als er sie verliert, weiß Johnny, »daß ihn keine solche Stimme nach Hause rufen, ihn liebevoll tadeln und strafen würde, daß niemand seine kühle weiche Hand auf Johnnys Stirn

legen würde, wenn er vor lauter Zweifel und Unschlüssigkeit fieberte«. Dieser Tribut ist möglich, weil die Beziehung im wesentlichen eine mütterliche ist. Der Umstand, daß Johnny und seine Freunde Jungen und noch keine Männer sind, erlaubt es Wright, eine Frau als Symbol für die Erziehung des Menschen zu entwerfen. Ob eine reife Frau Johnny jemals dabei helfen kann, aus seinem Gefühl der Entfremdung herauszufinden – in einer Liebesbeziehung zwischen Erwachsenen –, wird uns als Perspektive in dieser Geschichte nicht angedeutet. Die Bindung zwischen Mutter und Sohn wurde durchtrennt, und mit dieser Loslösung werden Liebesbeziehungen zwischen dem Sohn und einer anderen Frau schwierig, wenn nicht gar unmöglich.

Wright unterstreicht diese trostlose Aussicht auf eine Liebesbeziehung insbesondere mit Situationen und Bildern der Gewalt, die er entwickelt. In dieser Hinsicht stimmt *Jenseits der Kindheit* mit seinem übrigen Werk überein. Nur wenige große amerikanische Schriftsteller sind an der Kunst der Darstellung von Gewalt so interessiert, wie er es war, vor allem an Gewalttaten, bei denen der Kopf brutal behandelt wird. Das vielleicht schändlichste Beispiel dieser Gewalt bei Wright betrifft Mary Dalton, die in *Native Son* versehentlich erstickt, dann geköpft und verbrannt wird. Ebenfalls in diesem Roman tötet Bigger seine Freundin Bessie, indem er mit einem Ziegelstein wiederholt auf ihren Kopf einschlägt und dann ihren Körper in einen Luftschacht wirft. In *Jenseits der Kindheit* prahlt Baldy, der eine Waffe bei sich trägt, damit, einmal einen weißen Matrosen niedergestochen zu haben. Der Kampf zwischen Johnny und Baldy um die Anführerschaft der Gang ist wahrscheinlich die längste einzeln dargestellte Gewalttat überhaupt bei Wright, ein Kampf mit einem Messer, einer zerbrochenen Flasche und einem brutalen Tritt gegen den Kopf: »Sein Schuh traf Baldys Kiefer. Es klang wie ein Pistolenschuß, als Baldys Kopf zurückschnellte, als wäre er von einem Stahlseil zurückgezogen worden. Baldy sank zu Boden, schlaff, stöhnend halb bewußtlos. Auf seinen Lippen sammelten sich sabbernder Schaum und Blut.«

Mit der Gang – Baldy, Skinkie, Treetop und Johnny – schafft Wright ein fast surreales und makabres Bild von Jugendlichen aus dem Ghetto, die jegliche Hoffnung verloren haben. Bemerkenswerterweise wurde Wrights Vision von einer schwarzen *culture* in der Großstadt im Lauf der Jahre zunehmend zynisch. Mit dem Viererbund wird eine schwarze Männlichkeit wieder aufgegriffen, die Wright schon einmal mit vier schwarzen Männern in den Mittelpunkt eines Werkes gestellt hatte, und zwar in seinem ersten, posthum veröffentlichten Roman *Lawd Today!* (1963). In diesem Roman verkörpern die Männer, die bei der Post in Chicago arbeiten und untereinander befreundet sind, die Verschwendung von Energie im Zusammenhang mit Faulheit, Lüsternheit, Glücksspiel und Aberglaube. Verglichen jedoch mit diesen Männern, die zumindest die elementaren Freuden des Lebens lieben und fröhlich sind, wirken die Jungen in *Jenseits der Kindheit* weit gefährlicher. Bei Skinkie liegen »in den blutunterlaufenen Augen (...) Grausamkeit und ein unerklärliches Potential an Brutalität«. Treetop ist groß, dünn und schlammfarben. Sein Gesicht ist von Pickeln übersät, »aus denen wäßrige Flüssigkeit austrat«. Sein Antlitz strahlt »eine schreckliche Anspannung« aus. Baldy, »vierschrötig, schwarz, dick«, ist sechzehn, sieht aber aus wie fünfzig, wie dem Text zu entnehmen ist. Mit seinem alten Aussehen und der quiekenden Stimme eines Heranwachsenden erschreckt er Fremde, die in ihm eine Tunte sehen. Als Kopf oder Schädel eines wandelnden Toten steht er für den vollständigen Niedergang des menschlichen Geistes. So scheint Wright das Leben junger schwarzer Männer anzudeuten, die sich in der Stadt nicht bewähren können. Wir bekommen weder rivalisierende noch parallel verlaufende Lebensläufe zu sehen, die diesem Bild des Schreckens entgegenwirken.

Jenseits der Kindheit ist auch in anderer Hinsicht ein erstklassiger Wright. Die Handlung spielt nicht nur einfach in der Großstadt, sondern in jenen Mietskasernen, die auch Bigger Thomas hervorbrachten.

Als Johnny zu Beginn der Geschichte nach Hause kommt, sieht er »die grell getünchten gelben Wände des Flurs«. »Er hatte sein ganzes Leben lang in diesem stinkigen, baufälligen Mietshaus gewohnt«, heißt es im Text. Obwohl in der Nachbarschaft auf einer Anhöhe das College angesiedelt ist (das City College of the City of New York, CCNY), so ist das tägliche Leben der Menschen, die dort leben, doch wenig davon tangiert. Die Stadt besteht hier nicht aus großen Straßen und eleganten Gebäuden, sondern aus schäbigen Mietshäusern und Kellern und existiert eigentlich nur in der Dunkelheit, bei Nacht. Der Morningside Park ist die Hauptattraktion in einer städtischen Umgebung, aber in der Geschichte genießen die Bürger nicht die Bäume und Blumen, er ist vielmehr ein Dschungel, in dem Straßenräuber die Leute nahezu ungestraft überfallen und ausrauben.

Wright hatte mit der Arbeit an *Jenseits der Kindheit*, das zuerst »The Jackal« hieß, im Frühjahr 1945 begonnen. Es stand aber im Schatten von Wrights Autobiographie *Black Boy*, die im selben Jahr veröffentlicht wurde. Die ersten Seiten von *Jenseits der Kindheit* wurden geschrieben, während Wright gespannt auf die öffentliche Reaktion auf ein Buch wartete, das so anders war als alle zuvor erschienenen afroamerikanischen oder amerikanischen Autobiographien. *Black Boy* schildert detailliert und lebendig Wrights

Kindheit und Jugend in Mississippi, Arkansas und Memphis, Tennessee, sowie seinen Weggang aus dem Süden als Jugendlicher von siebzehn Jahren, auf der Suche nach Freiheit und einem neuen Leben im Norden. Die Autobiographie ist die Geschichte eines jungen Mannes, die von der grausamen Zurückweisung durch den Vater erzählt, von der schleichenden paralytischen Krankheit seiner Mutter, von der repressiven Mißbilligung anderer Familienmitglieder, vom Mangel an Sympathie und Verständnis von seiten der übrigen schwarzen Gemeinschaft, dem er begegnete, und vom offenen Haß und Rassismus der Weißen im Süden.

Der Held, Richard Wright, bricht in den Norden auf, entschlossen, etwas aus seinem Leben zu machen – trotz all dieser destruktiven Kräfte, die, seiner Erzählung nach, nichts Geringeres anrichten, als seine Moral zu brechen, ihn seiner Seele und seines Selbstbewußtseins zu berauben und seine kreativen Kräfte als Künstler zu ruinieren.

So tiefgreifend Wrights intellektuelles und soziales Anliegen auch war, als er in die Welt hinausging und als Dichter und Denker heranreifte, im wesentlichen blieb er doch am Leben und Schicksal junger Menschen interessiert, vor allem junger Schwarzer. Als Kommunist war ihm die Lektion eingepaukt worden, wie wichtig soziale Hintergründe in der Literatur seien, aber es scheint deutlich, daß sein eigenes, unabhängiges Gespür für derlei Zusammenhänge über jegliche Ideologie hinausging. Obwohl er sich intellektuell und emotional gesehen in einiger Entfernung zur schwarzen Gemeinschaft befand, in der er lebte, ob nun im Süden oder in der South Side von Chicago oder in Harlem, New York, so blieb sein großes Interesse daran, was mit seinem Volk geschah, dennoch bestehen. Als Intellektueller trachtete er danach, sachlich zu sein, aber die Lebensweise schwarzer Amerikaner war für ihn von großer Bedeutung – und zu jener Zeit besonders die Lebensweise der jungen Männer, die sich mit all den schwarzen Zuwanderern in den Städten im Norden ansiedelten. (Wright war 1937 von Chicago nach New York gezogen und lebte noch immer dort, als er *Jenseits der Kindheit* zu schreiben begann.)

Wright war sich der psychologischen sowie der ökonomischen und politischen Belastungen sehr genau bewußt, die den Alltag dieser Menschen prägten. Aus diesem Grund und trotz des verbreiteten Vorurteils gegen die Psychiatrie, trotz des Stigmas, mit dem nahezu jedes Eingeständnis mentaler Instabilität behaftet ist, unterstützte er ungefähr zu jener Zeit, als er mit der Arbeit an *Jenseits der Kindheit* begann, bereitwillig die Bemühungen des Psychiaters Dr. Louis Wertham, die erste psychiatrische Klinik in Harlem zu gründen. Und etwa zur gleichen Zeit begann er sich auch für die Arbeit an der Wiltwyck

School für Jungen zu interessieren. Wiltwyck lag in Esopus, New York, in einer wunderschönen ländlichen Gegend im hügeligen Vorland der Catskill Mountains. Dort erkannte man sehr genau diese psychologischen Belastungen und versuchte, die neuesten Theorien und Praktiken der psychiatrischen Sozialarbeit bei der Wiedereingliederung junger Delinquenten anzuwenden, denen man helfen wollte, sich zu verändern.

Die Wiltwyck School stellt unmittelbar den Hintergrund für die Geschichte *Jenseits der Kindheit* dar. Etwa achtzig problematische Jungen sind dort untergebracht und werden von einem Stab von ungefähr zwanzig Mitarbeitern betreut. (Das außergewöhnliche Verhältnis war beabsichtigt, um sicherzustellen, daß jedem der Jungen schließlich die Aufmerksamkeit zuteil wurde, die ihm vermutlich immer gefehlt hatte.) Wiltwyck wurde als unmittelbare Antwort auf eine zunehmend kritische Situation junger krimineller Schwarzer in New York gegründet. Wright selbst verwies auf die vielleicht erschreckendste Statistik zur Jugendkriminalität in Manhattan (i. e. Harlem) zu dieser Zeit. Nur 300 000 der 1,7 Millionen Einwohner Manhattans waren Afroamerikaner; dennoch waren Schwarze für 53 Prozent aller Straftaten von Jugendlichen in diesem Stadtbezirk verantwortlich.

Wright glaubte genau zu wissen, worauf diese Diskrepanz zurückging, warum so viele junge Schwarze der Kriminalität verfielen und warum so viele schwarze Familien auseinanderbrachen. Man braucht über seine Autobiographie *Black Boy* für eine Erklärung oder für eine Illustration dessen kaum hinauszugehen, wie der weiße Süden systematisch und rücksichtslos die Seele der Schwarzen zermalmt und die Schwarzen daran gehindert hat, jene Lebensqualitäten zu erreichen, die die Menschen aus seiner *culture* heraus in die Arme einer funktionierenden Zivilisation führen würden. Der Norden war weniger offen feindlich und repressiv, aber dennoch kein sicherer Zufluchtsort für zuwandernde Schwarze, die in bestimmte Wohngegenden gedrängt wurden und denen nahezu jegliche Arbeit vorenthalten wurde, es sei denn, ihre Arbeitskraft war wirklich vonnöten. Das schwarze Harlem in Manhattan hatte sich irgendwann in den 20er Jahren einer gewissen Beliebtheit erfreut, aber die Tumulte von 1935 und 1943 zeigten, daß hinter der Fassade des Vergnügens und des Tanzes und der Musik noch immer die Realität der Armut, der Ernüchterung und der Verzweiflung vorherrschte.

Wrights Tagebücher aus dem Jahr 1945 belegen vor allem sein großes Interesse an den Problemen der Jugendlichen in Harlem sowie an der Wiltwyck School mit ihren Voraussetzungen und Methoden recht deutlich. Mehrmals sprach er mit einem schwarzen Sozialarbeiter der Wiltwyck School über den Stand der Arbeit an *Jenseits der Kindheit* (damals noch »The Jackal« genannt). Dieser kam zu Wright nach Hause und ermöglichte Wright Besuche in der Schule. Vermittelt durch diesen Sozialarbeiter und gewöhnlich in seiner Begleitung, besuchte Wright über einen Zeitraum von vier Monaten hinweg verschiedene Schulen, Gerichte und andere Einrichtungen, die mit Jugendkriminalität zu tun hatten, und sammelte so Material für sein neues Werk. Bereitwillig ließ sich Wright sogar einspannen, Spenden für Wiltwyck zu sammeln. Er war dabei, als Eleanor Roosevelt, Frau des Präsidenten Franklin D. Roosevelt, am 6. März 1945 als Ehrengast bei einer Teegesellschaft zugegen war, um Spenden für die Schule einzutreiben. Wiltwyck stand im Gegensatz zur wachsenden Hoffnungslosigkeit und dem Zynismus, die sich innerhalb der Sozialarbeit für schwarze Jugendliche in New York breitgemacht zu haben schienen. Die Sozialarbeiter waren überfordert, Richter überlastet, und von offizieller Seite kam offensichtlich wenig Verständnis für die besonderen Umstände einer schwarzen Gemeinschaft. Für Wright stand Wiltwyck als der Leitstern der Aufklärung. »Ich bin überzeugt davon, daß Wiltwyck eine verdammt gute Sache ist«, vertraute er seinem Tagebuch an, »denn dort versucht man, gebrochene Jungs zu rehabilitieren, emotional ruinierte Jungs, die eine Chance brauchen.«

Dennoch sollte klargestellt werden, daß Wright, sosehr er Wiltwyck und all die Männer und Frauen schätzte, die das Programm dort Tag für Tag durchführten, doch wenig Illusionen hatte, was die Motive betraf, von denen viele der Förderer geleitet waren. In seinem Tagebuch notierte er seine Vorbehalte gegenüber den Spendern, auf die Wiltwyck zunehmend angewiesen war. Er wußte, daß Wiltwyck sich »nur um einige wenige unter den vielen, die Hilfe brauchten, kümmern konnte«. Obwohl er sich längst von der Kommunistischen Partei gelöst hatte, war er der Überzeugung, daß »nur eine Revolution« all den vielen helfen konnte, nicht nur einigen wenigen. Warum gaben dann die Spender so große Summen Geld? »Was bekommen sie durch ihre Spenden? Ich kann nicht anders, als zu denken, daß darin auch ein delikates Fünkchen Sadismus steckt.« Diese Vorbehalte gegenüber philanthropischen Maßnahmen, die weitreichenden sozialen und politischen Veränderungen entgegengesetzt sind, welche die Probleme der Jugendkriminalität direkt angehen würden, sollten nicht als Zynismus mißverstanden werden. Es war typisch für Wright, soziale Probleme mehr als deutlich beim Namen zu nennen. Um eine seiner berühmten Bemerkungen zur Rezeption seiner Kurzgeschichtensammlung *Uncle Tom's Children* heranzuziehen, so wünschte er nicht, an der Seite von »Bankierstöchtern« das Schicksal der schwarzen Armen zu beweinen. Ihm war vielmehr daran gelegen, daß jedermann die nackte Wahrheit der Jugendkriminalität in Harlem verstand, ihre Ursachen, und wie das Problem gelöst werden könnte.

Einen Monat nach der Teegesellschaft mit Mrs. Roosevelt sagte Wright zu, eine Broschüre zu schreiben, mit deren Hilfe Geld für die Schule gesammelt werden sollte. Es entstand ein Exposé, »Notes for a Booklet«, das er später in »Children of Harlem« einarbeitete, eine Studie in Buchlänge. In »Notes for a Booklet« greift Wright vier Beispiele von Jungen auf, deren psychologische Schwierigkeiten vor Gericht und beim Sozialamt nur wenig beachtet wurden, denen aber durch die intensive, ausgesprochen systematische Arbeit in Wiltwyck, von der er überzeugt war, geholfen werden konnte. Ganz eindeutig wurde aus einer Figur, die er als »Junge A« bezeichnete, die Hauptperson in *Jenseits der Kindheit*, Johnny Gibbs. (Damit soll nicht gesagt werden, Wright hätte den Jungen in Wiltwyck getroffen. Allerdings gehörte der Junge zweifellos zu der Gruppe von Jugendlichen, der Wiltwyck zu helfen gedachte.)

Einige Aspekte des Falls veränderten sich von Fassung zu Fassung, aber die zentralen Elemente blieben doch bestehen. Eine junge schwarze Frau geht tanzen, betrinkt sich, wird verführt und geschwängert. Als sie sich ihres Zustands bewußt wird, hat sie längst den Kontakt zum Vater ihres Kindes verloren. Ungefähr zum gleichen Zeitpunkt, als sie einen normalen, gesunden Jungen zur Welt bringt, wird sie geisteskrank und verfällt schließlich der *dementia praecox* (was heute im allgemeinen mit Schizophrenie bezeichnet wird). Mit sechs Monaten wird der Junge in eine Pflegefamilie gegeben. Er weiß nichts von seiner Herkunft und entwickelt sich in jeder Hinsicht gut. Im Alter von sechs Jahren dann (an anderer Stelle ist er fünf) besteht man von Amts wegen darauf, ihm ein neues Zuhause, ihn zu neuen Pflegeeltern zu geben. Sein Protest ist fruchtlos. Er erfährt zudem die Wahrheit über seine leiblichen Eltern, obwohl er zu jung ist, die ganze Bedeutung dessen zu begreifen, was ihm gesagt wird. Er begehrt auf und rutscht in die Kriminalität ab.

Der Hauptunterschied zwischen dieser Fallstudie und Johnny Gibbs aus *Jenseits der Kindheit* liegt im Alter, in dem ein Wechsel der Pflegefamilie erzwungen wird. Johnny in *Jenseits der Kindheit* ist fünfzehn Jahre alt. In der Fallstudie ist die Obrigkeit gesichtslos und handelt willkürlich, was genau Wrights Gefühl darüber widerspiegelt, wie man von Amts wegen mit straffälligen Kindern umgeht, ganz im Gegensatz zu den Ansätzen in Wiltwyck. Obwohl es schwerfällt zu glauben, daß selbst eine noch so willkürliche Obrigkeit ein Kind grundlos aus seinem Zuhause herausnimmt, in dem es fünfzehn Jahre lang glücklich gelebt hat, so war Wright offensichtlich der Auffassung, daß der Wohlfahrtsmaschinerie in New York eine derartige Gefühllosigkeit durchaus zuzutrauen sei, ganz besonders, wenn afroamerikanische Kinder und Familien betroffen waren. Wichtiger noch, er war offensichtlich der Auffassung, daß er als Künstler, der danach trachtete, die Konsequenzen von Verwahrlosung von Kindern und der daraus entstehenden Kriminalität zu schildern, größere Freiheit hatte, wenn er das Alter von sechs auf fünfzehn Jahre heraufsetzte.

Indem er Teenager in den Mittelpunkt seiner Geschichte stellte, gewährte Wright sich selbst den notwendigen Raum, um als Schriftsteller seiner Verpflichtung der Belletristik gegenüber nachzukommen. Wie ich zuvor bereits ausgeführt habe, beinhalten die meisten seiner Werke ein Verbrechen, eine schamlose Überschreitung der Gesetze, häufig begleitet von gewalttätigen Handlungen gegen andere Menschen. Ein solches Verbrechen stand für ihn vermutlich als Metapher für die menschliche Beziehung in ihrer gefährlichsten Ausprägung. Für Menschen, die vollkommen verzweifelt und demoralisiert sind, kann ein Verbrechen paradoxerweise ein kreativer Akt sein. In *Native Son* erreichte Wright den Zenit, was die Verwendung des Verbrechens als Metapher für menschliche Kreativität angeht. Indem er Mary Dalton und seine Freundin Bessie tötet und sich damit abfindet, Verursacher dieser Taten zu sein, unternimmt Bigger den ersten Schritt seiner Identitätsfindung, die ihm zu leben ermöglichen kann. »Der Grund, daß ich getötet habe«, erklärt Bigger, »bin ich.« In seinen unmenschlichen Handlungen findet Bigger erste Anzeichen der Menschlichkeit in seinem eigenen Leben, indem er die Verantwortung für die Verbrechen übernimmt.

In *Jenseits der Kindheit* stellen der Kampf zwischen Johnny und Baldy auf der einen Seite und der Überfall auf einen unschuldigen Mann auf der anderen die wesentlichen Ereignisse dar. Im Gegensatz zu den Charakteren in *Native Son* gelangt niemand zu Menschlichkeit, indem er die Verantwortung übernimmt, obwohl jedes der Bandenmitglieder, außer Johnny, so brutal zu sein scheint wie Bigger. In Johnnys Fall jedoch markiert der Kampf mit Baldy – sowie Johnnys Erkenntnis, daß er nun stark und hart sein muß, wenn er in dieser neuen Welt überleben will – zumindest auf einer Ebene seine Mannwerdung. Seine Rolle bei dem Überfall auf ein unschuldiges Opfer konfrontiert ihn mit entscheidenden moralischen Dimensionen der Männlichkeit. Die Stimme der Frau (ob sie nun wirklich existiert oder nicht, spielt keine Rolle) stellt ihn in Frage. Er reagiert auf die Stimme, nicht nur um den Gewaltakt an sich zu rechtfertigen, sondern auch sein ganzes neues Leben. Und indem er reagiert, stellt er sich auch selbst in Frage und scheint neu zu beginnen. (Offenbar war Wright, wie er die Geschichte zunächst entworfen hatte, auch von einer anderen Möglichkeit der Auflösung fasziniert, die er letztendlich nicht in *Jenseits der Kindheit* eingebracht hat: Die Jungen entführen eine schwarze Frau und halten sie gefangen. Und aus Angst vor den Folgen für sich selbst lassen sie sie schließlich gehen. Dies hätte ihm ermöglicht, die psychologischen Abläufe bei den Bandenmitgliedern weiter auszuleuchten.)

So gewalttätig Wrights Werk oft auch ist, so war er mit der Beschreibung derartiger Ereignisse doch keineswegs grundlos gewalttätig oder sensationsheischend. Sein oberstes Anliegen in *Jenseits der Kindheit* ist die Psychologie der straffälligen Jugendlichen. Wright entwickelte eine Handlung und versuchte, »den Keim« für eine »gute psychologische Studie« zu finden, wie er in seinem Tagebuch schrieb. Mehr als an den blutigen Folgen des Zorns war er an der »Psychologie der Wut« interessiert, die er als »schrecklich komplexes Phänomen« bezeichnete, das näher zu betrachten sei. Er beurteilte die Vorteile der Handlung, sollte diese die Entführung der schwarzen Frau einschließen, und schrieb: »Ich habe viele Möglichkeiten, die Gefühle der Jungen abzuhandeln – ihre Beziehungen zu ihren Familien, ihren Freunden, ihre grundlegenden Hoffnungen.« Es war Wright daran gelegen, das Gedankengut zu verstehen, das die straffälligen Jugendlichen zu ihrem antisozialen Verhalten führte, und so spielte er die Möglichkeit einer ungelösten und konfliktbesetzten ödipalen Bindung durch. In seinen Tagebüchern erwog er sogar die Möglichkeit, eine Verbindung zwischen der verbreitetsten Obszönität, die junge Männer im Ghetto in den Mund nehmen (»mother fucker«), und dem »Inzestkomplex« herzustellen.

In *Jenseits der Kindheit* werden uns viele der wesentlichen Faktoren gezeigt, die im Zusammenhang mit dem Niedergang jugendlicher Lebensform in einer schwarzen Gemeinschaft in New York City in den 40er Jahren eine Rolle spielen. Dies geschieht mit einer Genauigkeit, die uns immer noch hilft, das Phänomen ähnlicher Straffälligkeit heutzutage zu verstehen. Obwohl hier einige der Jugendlichen eher als Parodie auf die menschliche Natur dargestellt werden und weniger als würdevolle Individuen, so trachtet Wright doch danach, die Ursachen für den Verlust ihrer Würde und Menschlichkeit aufzuspüren und zu verstehen. Er verurteilt und verachtet die Jugendlichen nicht.

Wright blieb mit *Jenseits der Kindheit* seiner Verantwortung treu, die er bewußt oder unbewußt mit seiner schriftstellerischen Karriere in den 30er Jahren auf sich genommen hatte: Er schildert furcht- und kompromißlos die Wahrheit über das Leben schwarzer Amerikaner, wie er sie kannte. Dabei ließ er weder die Gefühle der Opfer außer acht noch die

Gefühle derer, die die soziale Ungerechtigkeit, angeheizt durch Sklaverei, Rassentrennung und Rassismus in den Vereinigten Staaten, förderten. Auch er ruft: »HE, JUNGS! HE, JUNGS!« Er ruft voller Empörung, aber auch aus einem Gefühl der Liebe und der Verbundenheit, aus einem Gefühl für die Gemeinschaft heraus. Und so meint er auch uns Leser. Er erinnert uns an unsere kollektive Verantwortung, über die Jugend zu wachen, sie zu führen und Gerechtigkeit und Fairneß denjenigen gegenüber walten zu lassen, über die wir Macht haben.

Arnold Rampersad
Princeton University

Ausgewählte Bibliographie

Uncle Tom's Children: Four Novellas, 1938 (Kurzgeschichten)
Native Son, 1940 (Roman; dt.: Native Son. Sohn dieses Landes)
Black Boy, 1945 (Autobiographie; dt.: Black Boy)
The Outsider, 1953 (Roman)
Black Power. A Report of Reactions in a Land of Pathos, 1953 (Fragment)
Savage Holiday, 1954 (Roman)
The Color Curtain. A Report on the Banding Conference, 1956
Pagan Spain, 1957 (Fragment)
White Man, Listen!, 1957 (Vorträge)
The Long Dream, 1958 (Roman)
Eight Men, 1961 (Kurzgeschichten)
Lawd Today!, 1963 (Roman)

Zeittafel

1908, am 4. September, wird Richard Nathaniel Wright als erster Sohn von Nathan und Ella Wright, geb. Wilson, auf einer Plantage in Roxie in der Nähe von Natchez, Mississippi, geboren.

1912–1920. Die Wrights ziehen von Natchez nach Memphis, Tennessee, dann nach Elaine und schließlich nach West Helena, Arkansas. Nachdem der Vater die Familie verlassen hat, leidet Richard unter Hunger und Armut und lernt das Leben auf der Straße kennen. 1915 werden er und sein Bruder Leon (geboren 1910) in ein Waisenhaus gesteckt.

1925. Nachdem die Mutter wiederholt erkrankt war, kehren sie und die beiden Jungen zu ihrer Familie in Mississippi zurück. Am 29. Juni erhält Richard sein Abschlußzeugnis von der Smith Robertson High School in Jackson, Mississippi. Er kratzt genügend

Geld zusammen, um nach Memphis, Tennessee, zu fahren. Dort findet er Arbeit und macht seine ersten ernsthaften Versuche zu schreiben.

1927–1932. Im Dezember 1927 geht er von Memphis nach Chicago. Dort hat er eine ganze Reihe seltsamer Jobs, um sich selbst und später auch seine Familie durchzubringen. Als er wegen der wirtschaftlichen Depression einige Monate lang keine Arbeit finden kann, bittet er die Cook County Relief Station, eine Sozialstation, um vorübergehende Unterstützung. In dieser Zeit fährt er fort, »große Literatur« zu entdecken und kämpft, was sein eigenes Schreiben angeht.

1933. Wright tritt dem John Reed Club, einem Literatenclub in Chicago, bei und später der Kommunistischen Partei. Er beginnt mit der Arbeit an zwei Romanen und einigen Kurzgeschichten.

1934. Im Januar werden zwei Gedichte Wrights, »Rest for the Weary« und »A Red Love Note« in *Left Front* veröffentlicht. Im April wird er Mitherausgeber dieser Zeitschrift. Seine Gedichte »Strength« und »Child of the Dead and Forgotten Gods« werden in *The Anvil* abgedruckt, und im Juni veröffentlicht *New Masses* das Gedicht »I Have Seen Black Hands«.

1935. Im April wird Wright im Illinois Federal Writers Project aufgenommen und besucht als Delegierter den ersten Kongreß der League of American Writers in New York. Die Ausgabe der Zeitschrift *New Masses* vom 8. Oktober veröffentlicht Wrights erstes journalistisches Werk, »Joe Louis Uncovers Dynamite«.

1936. Von September bis November arbeitet Wright als Werbeagent für das Chicago Federal Negro Theater und unterstützt Charles DeSheim darin, Paul Greens *Hymn to the Rising Sun* zu veröffentlichen, aber das Drama wird verboten. Er fährt mit seiner Arbeit an den Kurzgeschichten fort, die später in *Uncle Tom's Children* zusammengefaßt werden.

1937. Im Juni zieht Wright nach New York City, wo er dem Magazin *New Challenge* Starthilfe gibt. Dann wird er Redakteur beim *Daily Worker* im Büro in Harlem.

1938. Im Februar gewinnt Wright mit »Fire and Cloud« einen Wettbewerb, der vom Magazin *Story* ausgeschrieben war, und am 25. März wird sein Band *Uncle Tom's Children: Four Novellas* bei Harper & Brothers herausgegeben.

1938–1939. Wright arbeitet an *Native Son*. Für »Fire and Cloud« erhält er den O. Henry Memorial Prize. Im August 1939 heiratet er Dhimah Meadman.

1940. Im Januar wird seine Kurzgeschichte »Almos' a Man« in *Harper's Bazaar* abgedruckt. *Native Son* wird bei Harper & Brothers veröffentlicht und für den Book-of-the-Month Club ausgewählt. Es wird ein Bestseller. Wrights Ehe zerbricht und wird geschieden. Er beginnt, für *Twelve Million Black Voices* zu recherchieren. Im Oktober bringt Harper & Brothers *Uncle Tom's Children: Five Long Stories* heraus.

1941. Am 12. März heiratet Wright Ellen Poplar. Am 25. März hat die Bühnenfassung von *Native Son* am Broadway Premiere. Produzent ist John Houseman, Regisseur Orson Welles. Seine Tochter Julia wird geboren. Am 15. November bringt Viking Press Twelve Million Black Voices heraus.

1942–1943. Im Anschluß an eine Vorlesung an der Fisk University über seine Jugend in Amerika beginnt Wright an seiner Autobiographie zu arbeiten. Zudem schließt er die erste Version von *The Man Who Lived Underground* ab.

1944. Im August veröffentlicht *The Atlantic Monthly* Wrights »I Tried to Be a Communist«, was den Beginn einer offenen Feindschaft von seiten der Partei ihm gegenüber markiert.

1945. *Black Boy*, herausgegeben von Harper & Brothers, wird im Februar für den Book-of-the-Month Club ausgewählt und augenblicklich zum Bestseller. Von Juni bis September machen die Wrights Ferien in Kanada, und von Oktober bis Dezember unternimmt er eine Reise durch den Norden und Westen der Vereinigten Staaten, auf der er Vorträge über afroamerikanische Literatur hält.

1946. Im Mai fahren die Wrights als offizielle Gäste der französischen Regierung per Schiff nach Frankreich. Sie leben einige Monate lang im Quartier Latin in Paris und freunden sich mit Gertrude Stein an.

1947–1948. Im Januar 1947 kehren die Wrights in die Vereinigten Staaten zurück, verbringen dann den Sommer auf Long Island und fahren im August per Schiff zurück nach Paris. Wright unterstützt Leopold Senghor, Aimé Césaire und Alioune Diop bei der Arbeit an *Présence Africaine*.

1949. Am 17. Januar 1949 wird Wrights zweite Tochter Rachel geboren. Im Dezember unterstützt er finanziell die Gary-Davis-Bewegung für Frieden und Weltbürgertum.

1950. Ende August verläßt Wright gemeinsam mit dem Filmregisseur Pierre Chenal Europa, um in Chicago und Buenos Aires *Native Son* zu drehen.

1951. Zurück in Paris gründet Wright das »Franco-American Fellowship«.

1952. Wright verbringt einige Monate in London, wo er die Endfassung seines Romans *The Outsider* schreibt.

1953. Im März wird *The Outsider* veröffentlicht und bekommt einige schlechte Kritiken. Wright verbringt den Sommer in Goldküste (heute Ghana) und sammelt Materialien für ein Reisetagebuch.

1954. Im Mai stellt Wright *Black Power: A Report of Reactions in a Land of Pathos* fertig. Im August und September fährt er einer weiteren Reiseerzählung wegen durch Spanien. Am 22. September wird *Black Power* veröffentlicht.

1955. Wright verbringt einen Monat in Spanien, bevor er nach Indonesien reist. Er soll über die Bandung Conference berichten, die Mitte April stattfindet.

1956. Wright ist wesentlich an der Organisation des ersten Congress of Negro Writers and Artists beteiligt. Im Herbst reist er durch Deutschland und Skandinavien und referiert über Afrika, über die psychologischen Probleme unterdrückter Völker und über afroamerikanische Literatur.

1957. Am 20. Februar bringt Harper & Brothers *Pagan Spain* heraus. Im Oktober verlegt Doubleday *White Man, Listen!*, eine Sammlung von Vorträgen.

1958. Doubleday veröffentlicht *The Long Dream*. Von offizieller britischer Seite wird es Wright verweigert, in London zu leben.

1959. Am 27. Mai wird Wrights Bearbeitung von Louis Sapins *Daddy Goodness* von der USIS-Company auf die Bühne gebracht. Nach einem Aufenthalt in Afrika erkrankt Wright im Sommer an Amöbenruhr und kommt in das Amerikanische Krankenhaus in Neuilly, Frankreich, wo er anfängt, seinen Haiku zu schreiben.

1960. Im März ist Wright wieder sehr krank, da ihn die Amöbenruhr, die er sich auf seinen Reisen geholt hatte, wiederholt befällt. Im Juni und August nimmt er für das französische Radio eine Serie von Gesprächen über seine Werke und über den Rassenkonflikt auf. Am 28. November, etwa gegen elf Uhr nachts, stirbt Wright völlig unerwartet in der Clinique Gibez, wo er eine Woche lang gelegen hatte, um sich untersuchen zu lassen und zu regenerieren. Am 3. Dezember wird er auf dem Friedhof Père Lachaise begraben. Folgende Werke wurden posthum veröffentlicht: *Eight Men* (1961), *Lawd Today!* (1963) und *American Hunger* (1977).